ほんとうにあった!
ミステリースポット
①霧の峠・人形供養

もくじ

ほんとうにあった！ミステリースポット
①霧の峠・人形供養

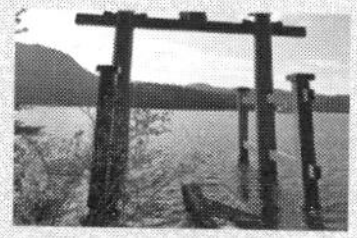

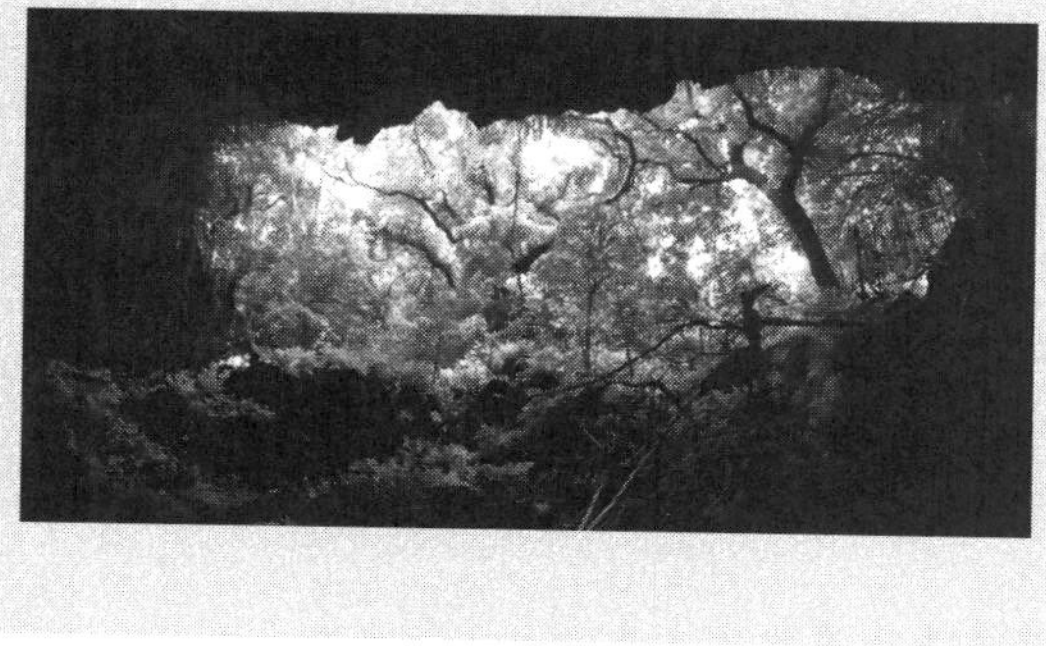

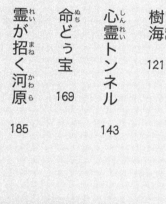

霧《きり》の峠《とうげ》

カムイコタン●国道12号線●国道39号線

十月の朝、玄関《げんかん》を開けると、一面の濃《こ》い霧《きり》だった。

「行ってきます」

ミサキは駅までの道を歩きながら、同じような濃《こ》い霧《きり》の日を思い出していた。

それは5年ほど前の出来事である。

その年の夏休み、北海道に家族旅行に行こうと父が言った。

弟の千早は、来年、全寮制《ぜんりょうせい》の中学に入学することが決まっていた。

家族揃《そろ》って、旅行に行く機会も、これからしばらくないかもしれない。

空港でレンタカーを借り、最初の目的地　旭川を目指す。

新千歳空港《しんちとせくうこう》から高速道路を使えば、旭川までは二時間くらいだそうだが、途中《とちゅう》、寄《よ》りたい場所もあるから、一般道で行く計画だった。

一般《いっぱん》道路では三時間から四時間くらいかかるらしい。

「若《わか》いころ、オートバイで北海道一周したこともあるんだぞ」

ハンドルを握《にぎ》る父が、上機嫌《きげん》で話している。

助手席には母。後ろにはわたしと双子《ふたご》の弟が座《すわ》っている。

双子《ふたご》といっても、あまり似《に》ていない。

丈夫《じょうぶ》なわたしと違《ちが》って、小さなころから弟は身体が弱い。

「元気はミサキが全部引き受けてしまった」

と祖母《そぼ》が言っていた。

「元気って何？」

祖母《そぼ》に聞くと
「元気は元気。今にわかるよ」

と答えた。わたしも、小学校の高学年になると、その意味が少しずつわかるようになっていった。千早は、変なものを見たり、感じたりすると、身体の具合が悪くなるのだ。

わたしも同じように変なモノを見ることがあるが、千早のように病気にはならない。

それが「元気」ということなのだと思った。そして、もっと沢山《たくさん》勉強すれば、いろいろわかることが増える、父母も祖母《そぼ》もみんなそう教えてくれた。

途中《とちゅう》、道の駅で休憩《きゅうけい》したころから、空が曇《くも》ってきた。

これから進む方向には、もっと厚い雲が広がっている。

父の仕事の都合で、北海道に到着《とうちゃく》したのは、午後になってからだが、日が暮《く》れるまでには、旭川に着くだろう。

道の駅の駐車場《ちゅうしゃじょう》には、北海道を旅する人の車やオートバイがたくさん止まっていた。

そこに、一台。

レインウエアを着て、荷物を雨よけシートで覆《おお》ったオートバイがやってきた。

「ここから先に行くなら、準備《じゅんび》して行った方がいいよ。霧《きり》が出て、雨が降《ふ》っている」

レインウエアの人は、オートバイが駐車《ちゅうしゃ》しているあたりの人たちに話しかけていた。

「雨が降《ふ》っているようだな。さあ、そろそろ行こうか」

わたしたちの車は、暗い雲に向かって走り出した。

走り出してしばらくして、気がつくと、弟は眠《ねむ》っていた。

細かい雨が降《ふ》りはじめるより早く、霧《きり》が出てきていた。

周《まわ》りの景色がだんだん見えなくなる。

「ミサキは眠《ねむ》らないでくれよ」

「ママも寝《ね》ちゃったんだ。お仕事しながら、旅行の準備《じゅんび》もして疲《つか》れていたんだね」

ハンドルを握《にぎ》る父が言った。

身体を伸《の》ばして、助手席をのぞくと、母もすやすや眠《ねむ》っていた。

父はラジオのスイッチを入れた。音は絞《しぼ》って、小さくした。

「わたしがずっとお話していた方がいい？」と聞いてみる。

「いや、大丈夫《だいじょうぶ》だよ。パパは、静かなのは平気なんだ。でも、ミサキがおしゃべりしたいなら、大歓迎《かんげい》だよ」

突然《とつぜん》、グッと車が止まった。

前の車の赤いブレーキランプが近くに見えた。

「渋滞《じゅうたい》している」

遠くに黄色、赤などの光が点滅《てんめつ》している。くるくる回って点滅《てんめつ》している赤い電燈《でんとう》もある。

「工事渋滞《じゅうたい》か？」父がつぶやいた。

止まった車の列はゆっくり進み出した。進んでは止まり、進んでは止まりする。

雨の勢《いきお》いよりも、ぐんぐん霧《きり》が濃《こ》くなってきた。

２台前の車はもう見えない。

すぐ前の車もブレーキランプと後ろ姿《すがた》は見えるけれど、屋根の方は、ぼんやりと霧《きり》に包《つつ》まれている。

「ここは、注意して運転しないといけないな。それにしても濃《こ》い霧《きり》だな」

本当に濃《こ》い霧《きり》だ。

ドライアイスを水に浸《ひた》すと出て来る煙《けむり》の何倍も白い。

窓に顔を近づけて、外をよく見た。

雨が強くなり、ザッと音をたてると、少しだけ霧《きり》が薄《うす》くなる。

霧《きり》が渦《うず》を巻《ま》くように、過《す》ぎて行く。

その合間に、白樺《しらかば》や名前のわからない木々の森が、窓《まど》の外の路肩《ろかた》から、ずっと遠くまでいっぱいに広がっているのが見えた。

ジャッ。

ふいに耳慣《な》れない音が聞こえた。

雨が窓《まど》にぶつかる音だろうか。

ジャッ。

もう一度、窓《まど》にぴったりと顔を寄《よ》せて、外を見た。

道の端《はし》にこの先で工事をしているのを知らせる矢印の看板《かんばん》がある。

「雨と濃《こ》い霧《きり》の中での工事、大変だな」

そんなことを考えている間も、

ジャッ。ジャッ。ジャッ。

かすかな音がずっと聞こえている。

雨はそれほど強く窓《まど》を叩《たた》いていない。

森の木も揺《ゆ》れていない。

外に吹《ふ》く風は強くないのかもしれない。

そのとき、森の中で何かが動いていることに気づいた。

「あれ？」

ミサキは思わずつぶやいた。

「どうした？」父が聞いた。

「森の中に何かがいるみたい。何かが動いている」

ジャッ。ジャッ。何かを引きずるような音はまだ続いている。

「鹿《しか》じゃないかな？北海道は鹿《しか》が多いし・・・・」父が言った。

「鹿《しか》かな。さっきから小さく何かを引きずる音も聞こえるけど」

「ミサキは耳がいいな。パパには音は聞こえないな。せっかくだから、カメラで撮《と》ってみたら？」

また霧《きり》の渦《うず》が濃《こ》くなり、前の車が急ブレーキをかける。

父も慌《あわ》ててブレーキを踏《ふ》み、グッと車が沈《しず》みこんだ。


カメラアプリを起動《きどう》した。

音はまだ聴《き》こえているので、鹿《しか》は森の中にいるようだ。

どの方向で写《うつ》すのがいいか、もう一度よく確かめよう。

窓《まど》にぴったりと顔を近づけて、音のする森の方向をじっと見つめた。

ジャッ。ジャッ。ジャッ。

ジャッ。ジャリ。

ジャッ。ジャッ。ジャッ。ジャリ。

霧《きり》が薄《うす》くなる。

森の木々の隙間《すきま》に黒っぽい影《かげ》が見えた。

影《かげ》は左右に少しずつ揺《ゆ》れながら、道路の方に進んできている。

ジャリ。ジャッ。ジャッ。

こちらに近づいてきているようだ。音が少し大きくなった。

「ううん」

弟はうなされているのか、小さく唸《うな》った。

音が近づくにつれて、うなされる声も大きくなる。

「本当に鹿《しか》なのかな？　もしかして熊《くま》だったりして」

「熊《くま》は賢《かしこ》いからこんな雨の日には出歩かないし、餌《えさ》もない道路には近寄《ちかよ》らないと思うよ」

父は前方をじっと見つめながら言う。

「ああ、峠《とうげ》の手前で工事している。今少し先が見えた。片側《かたがわ》通行にしているんだな。まだしばらく渋滞《じゅうたい》からは抜《ぬ》け出せないか」

見えにくい視界《しかい》に、父はイライラしている感じだ。

父は肩越《かたご》しに、うなされているらしい弟を見てつぶやいた。

「早くここを抜《ぬ》けないと」


あまり話しかけてもいけないと思い、もう一度、窓《まど》の外に目を向けた。

音はまだ聴《き》こえ続けていて、こちらに近づく影《かげ》が増《ふ》えているようだ。

森は道路より少し低くなっている。

そして、やはり。鹿《しか》よりだいぶ小さい。

直立して歩いている。ゆらゆらしているのは頭だろう。

人間？

まだ距離《きょり》があるのと、霧《きり》と雨で視界《しかい》が悪く、はっきりとは見えない。

鹿《しか》じゃない。あれは、人間が重いものを引きずって、ゆっくりと歩いているのだ。工事の人だろうか。

見えている人影《ひとかげ》から、少し遠くに視線《しせん》をずらしてみた。

いちばん近い人影《ひとかげ》から少しずつ間をあけて、小さい人影《ひとかげ》が続いていた。

何かを引きずりながら、まっすぐ、この道を目指して森の奥《おく》から行列が進んでいる。

ヘルメットは被《かぶ》っていない。

ゆらゆら揺《ゆ》れている頭部は黒く、少し見えはじめた肩《かた》から上も赤黒い見慣《みな》れない服だ。

工事現場の人なら、黄色やオレンジ色の目立つ色をどこかに身につけているものなのに。

「やめて！　来ないで！」

弟がはっきりと言った。目は閉《と》じたままだ。

「何？」

母が目を覚ました。

うなされている弟を見ると、急いでバッグを開け、何かを探《さが》している。


車内の温度が急に下がった気がする。

ブルっと身体がふるえた。

ジャッ。ジャリッ。

「なんだこの音」

父がつぶやいた。

はじめは小さい音だったけれど、今は父にも聞こえるようだ。

「森の中に何かがいる。はっきりは見えないけど、道路に向かって歩いて来る。並《なら》んで行進しているみたい」

わたしは言った。

父は視線《しせん》を窓《まど》の方に移《うつ》して、すぐまた前方に戻《もど》した。

「撮影《さつえい》した？」

「ううん。まだ」

「止めておきなさい。それより寒くないか？」

父はヒーターのスイッチを入れると、ラジオのボリュームを上げた。

ジャッ。ジャッ。ジャリッッツ。錆《さ》びた鎖《くさり》のイメージが広がる。

思わず、外を見る。赤黒い人の影《かげ》たちが森から手を伸《の》ばしていた。

「わあ」

弟が叫《さけ》ぶ前に、母が弟の額《ひたい》に五芒星《ごぼうせい》が描《えが》かれた護符《ごふ》をかざした。

行き場をなくした影《かげ》の気配がわたしを見た。心臓《しんぞう》がキュッとなる。

どうしよう。こわい。無意識《むいしき》に拳《こぶし》を握《にぎ》り、影《かげ》たちを撃《う》つ。

「こないで！」

腕《うで》には祖母《そぼ》から貰《もら》ったお守りの腕輪《うでわ》がある。そこからパチっと火花が飛んだように
感じた。

ちょうどそのとき、路肩《ろかた》を大きなオートバイが、2台通り過《す》ぎていった。

通り過《す》ぎるときの風で窓《まど》に水がはねる。オートバイの通った後に、音は消えていた。

「よかった」

父がつぶやく。オートバイの排気音《はいきおん》に驚《おどろ》いた母が息《いき》を吐《は》いた。

「危《あぶ》ないわねぇ・・・・」

小さく母が言った。

「いや、大丈夫《だいじょうぶ》、むしろ助かった」

◎**囚人道路《しゅうじんどうろ》**

石狩道路、カムイコタン、上川道路

明治時代、日本は西欧列強諸国《せいおうれっきょうしょこく》に追いつくため、富国強兵政策《ふこくきょうへいせいさく》をとりました。

広大な北海道を開拓《かいたく》し、石炭採《さい》掘《くつ》や農業の増産《ぞうさん》を図ることは、近代国家として成立するために一日も早く進めるべき課題となっていました。

北海道は江戸時代に松前、函館を中心に海辺側の開発が進んでいましたが、新たな産業を興《おこ》し、開発を進めるためには、道路の整備《せいび》が必要でした。

当時、海辺から内陸部分への交通は、はっきりとした地図もなく、安全な道路もありません。新たな開拓《かいたく》のために、内陸部へ進むには、先住民であるアイヌに道案内を頼《たの》み、ヌカカ、ブヨなどの多くの虫や狼《おおかみ》、熊《くま》などから身を守りながら、道なき道を進むほかに手段《しゅだん》がなかったのです。

まず、札幌に開拓《かいたく》の拠点《きょてん》が置かれ、旧幕臣《きゅうばくしん》、士族などを含《ふく》む入植者、屯田兵《とんでんへい》による開拓《かいたく》が進められました。

札幌から旭川、旭川から北見、網走へと、道内を貫《つらぬ》く中央道路の建設《けんせつ》が急がれました。

また、成立して間もない明治政権《せいけん》は、政策《せいさく》に反対する士族の反乱《はんらん》にも苦しんでいました。

反乱《はんらん》を鎮圧《ちんあつ》した後の逮捕《たいほ》者の行き先も、大きな問題でした。

そこで未開の地である北海道は、うってつけと思われたそうです。

北海道内に監獄《かんごく》がつくられ、主に政府への反乱《はんらん》者を中心に収容《しゅうよう》しました。

当時の監獄《かんごく》や集治監《しゅうちかん》は、現在の刑務所《けいむしょ》とは大きく違《ちが》います。

収容《しゅうよう》された人間の人権《じんけん》は無視《むし》されていたそうです。

充分《じゅうぶん》な設備《せつび》もなく、衣食住は貧弱《ひんじゃく》なものでした。厳《きび》しい冬の寒さも加わって、環境《かんきょう》は劣悪《れつあく》だったそうです。

一八八六年はじめて囚人《しゅうじん》を道路の開鑿《かいこん》に使役《しえき》するという政策《せいさく》が承認《しょうにん》され、中止される一八九四年までの間、囚人《しゅうじん》たちの過酷《かこく》な労働によって、北海道内の道路網《もう》は整備《せいび》されたそうです。

厳《きび》しい労働生活は全員が一本の丸太を枕《まくら》として眠《ねむ》り、夜明け前の起床《きしょう》の際《さい》には、丸太枕《まくら》を叩《たた》き、看守《かんしゅ》が大声をあげて起こすなどしたそうです。（現在《げんざい》、観光施設《しせつ》となっている網走監獄《かんごく》で、その様子をジオラマとして見ることができます。）

使役《しえき》に出る際《さい》には、二人の足を互《たが》いに鎖《くさり》でつなぎ、簡単《かんたん》に逃亡《とうぼう》できないようにしたそうです。

監視《かんし》小屋は、約十二キロ毎にありました。作業に従事《じゅうじ》する囚人《しゅうじん》は二〇〇人を一隊とし、その十二キロ間の道路開鑿《かいこん》は全て人力によりおこなわれたそうです。粗末《そまつ》な衣食と道具、足をつなぐ鎖《くさり》、過酷《かこく》な労働に逃亡《とうぼう》を図る者もいました。

看守《かんしゅ》は銃《じゅう》とサーベルを持ち、逃亡《とうぼう》や抵抗《ていこう》するものがあれば、その場で見せしめのために殺害《さつがい》しても構《かま》わないという状況《じょうきょう》だったそうです。

看守《かんしゅ》の目を逃《のが》れて逃亡《とうぼう》に成功したとしても、道なき道の先には、人家も集落もなく、食糧《しょくりょう》を調達する手段《しゅだん》もないため、行き場をなくして、元の場所に戻《もど》るか、あるいは熊《くま》や狼《おおかみ》などに襲《おそ》われて命を落とす者が多かったそうです。

囚人《しゅうじん》は、逃亡《とうぼう》してもすぐ囚人《しゅうじん》とわかるように、肌着《はだぎ》、上着とも赤い着物を着ていました。

使役中に病死や殺された囚人《しゅうじん》の遺体《いたい》は、そのまま現場《げんば》近くでうすく土を盛《も》るように簡素《かんそ》に埋《う》められ、足の鎖《くさり》を墓標《ぼひょう》がわりとしたと言います。

人権《じんけん》を無視《むし》した労働が議会で問題になるなどの結果、囚人《しゅうじん》の道路開墾《かいこん》の使役《しえき》は一八九四年終わりを告《つ》げました。

その間、過酷《かこく》な労働で死に追いやられた囚人《しゅうじん》の正式な数はわかっていないそうです。

その後に入植者たちによって、人骨《じんこつ》といっしょに朽《く》ち果《は》てた鎖《くさり》が発見されました。

二人の骨《ほね》が鎖《くさり》でつながれた屍《しかばね》もあったそうです。人骨《じんこつ》や鎖《くさり》が発見された場所は「鎖塚《くさりづか》」と呼《よ》ばれ、現在《げんざい》も北海道内にひっそりとたたずんでいます。

囚人《しゅうじん》の労働でつくられた道路では、鎖《くさり》をひきずるような音と人影《ひとかげ》を見たというドライバーの話も多いそうです。

彼《かれ》らの魂《たましい》は、まださまよっているのかもしれません。

カムイコタン

旭川手前の美しい景色が有名です。石狩川の急流を望む場所です。地名はアイヌ語で、神の住む場所の意味です。ここは、急流なため、船で移《い》動《どう》するアイヌの人たちには、難所《なんしょ》だったそうです。ここに住んでいるのは人の力の及《およ》ばない神と考えられ、「恐《おそ》ろしい荒神《あらがみ》のいる場所」が正しい意味のようです。

カムイコタンを通る国道12号線も囚人《しゅうじん》の労働によって開通した場所です。工事は難航《なんこう》して、多くの人が命を落としたと言われています。トンネルを深夜に通ると、囚人《しゅうじん》の苦しむ声、鎖《くさり》の音が聞こえるという噂《うわさ》があります。

人形供養《にんぎょうくよう》

鎌倉 某《ぼう》寺院●和歌山県 淡島神社

その友人が訪《たず》ねて来たのは、力を失《うしな》いつつある西日が窓《まど》から差し込《こ》む九月も終わろうとする夕暮《ゆうぐ》れのことだった。

相談《そうだん》したいことがあってきたのだそうだ。

その相談《そうだん》とは、友人のえいこのことだった。

「ねえ、人形供養《くよう》って知ってる？」

友人は部屋に入ると、こう話し出した。

「〇〇〇寺とかでやってる行事でしょう。たしか今ぐらいの季節だったよね」

以前からその行事がおこなわれていたことは知っていたが、見に行ったことはなかった。


人形には、遊びのための人形だけではなく、子どもが健康に育つため、お節句《せっく》の祝いに買ってもらったひな人形、五月人形など、いろいろな目的の人形がある。なかには、もう誰《だれ》から貰《もら》ったのか、誰《だれ》が買ったのかわからない物や、誰《だれ》が大切にしていたか、わからないものもあるかもしれない。

処分《しょぶん》しようと思っても、ゴミ袋《ぶくろ》に無造作《むぞうさ》に入れて捨《す》ててしまうことができない、不思議な気持ちになるものだ。

だから人形供養《くよう》をおこなっているお寺に持って行き、お焚《た》き上げをしてもらったりするのだ。

友人の相談《そうだん》はその人形供養《くよう》についてだった。

「この前、えいこに人形供養《くよう》を見に行かない？」と誘《さそ》われたそうだ。

学校ではよく会話はしていたが、遊びに誘《さそ》われたのは、はじめてだった。

「いいけど、人形供養《くよう》？　どこのお寺？」

場所は、友人もたまに買い物に行く市場の近くだったが、なんとなくこわくなって、わたしのことを思い出したらしい。

友人も以前から、何度か不可思議《ふかしぎ》なものを感じたりすることがあり、今回の誘《さそ》いもどこか重苦しく感じていたようだ。

「十月のその日なら、たぶんいっしょに行けると思うけど、わたしがいっしょに行っても大丈夫《だいじょうぶ》なの」

「えいこには、話してあるから・・・・」

とのことだった。

その日、わたしたちは市場の前で待ち合わせて、お寺に向かった。

お寺の門は大きく開いていた。

人形供養《くよう》の文字と時間が書いてある。行事は午後三時には終わる予定だった。

わたしたちのほかにもたくさんの人たちが境内《けいだい》に入って行く。

えいこは、大きな花束《はなたば》を持っていた。

白い百合とたくさんの菊《きく》の花束《はなたば》だ。

庭にいた若《わか》いお坊《ぼう》さんに、えいこは
「人形供養《くよう》に伺《うかが》ったのですが」

とあいさつした。

えいこは持ってきた花束《はなたば》を渡《わた》した。

お坊《ぼう》さんはおじぎをして、花束《はなたば》を受け取ると、大きな建物を指さした。

「場所はあちらの本堂です。入ると椅子《いす》がありますから、開始まで座《すわ》って待っていてください。どこにかけても構《かま》いませんが、正面は施主《せしゅ》の方の席ですから、避《さ》けてください」


仏像の前には、人形やぬいぐるみが、たくさん並《な》べられていた。

おひな様。五月人形。市松さん。日本人形だけでなく、アンティークのお店で見たフランス人形。着せ替《か》えで遊ぶお人形もいる。ぬいぐるみもいっぱい。人気のキャラクターもいる。

周《まわ》りには花もいっぱい備《そな》えられて、人形の山をぐるりと取り囲んでいた。

わたしたちは横のいちばん前の空いた席に座《すわ》った。


どんどんどんどんどんどん。じゃん。じゃんじゃん。

大きな太鼓《たいこ》と銅鑼《どら》の音で大勢《おおぜい》のお坊《ぼう》さんが本堂に集まり、人形供養《くよう》がはじまった。

途中《とちゅう》で、お坊《ぼう》さんたちは木の板のようなものをカチカチ鳴らしたり、お経《きょう》の本をぐるぐる回したりしている。

お坊《ぼう》さんたちが、座《すわ》っている人の方にやってきた。

それからわたしたちが座《す》る横側にもやってきた。

木の板を激《はげ》しく鳴らしながら、まず正面の人の周《まわ》りを回った。

カチカチカチ
カチカチカチカチ。

そのとき、わたしの隣《となり》に座《すわ》っていたえいこが震《ふる》えていることに気がついた。

太鼓《たいこ》と銅鑼《どら》の音が鳴った。

もうすぐ終わるようだ。

「施主《せしゅ》の方から、お別れして庭に出てください」

お坊《ぼう》さんが言うと、正面に座《すわ》っていた人たちが順番に立ち上がって人形に近づいた。

サッと一礼してそのまま庭に出る人もいる。

人形の山に手を伸《の》ばして、触《さわ》ろうとしていっしょに来た人に止められる人もいる。

本当に人形に触《さわ》ろうとした別の人は、前に立っているお坊《ぼう》さんに止められた。

正面の人たちが庭に出て、次は横の席の人たちの番だ。

本堂の扉《とびら》は大きく開いているので、人形の前を通らなくても庭に出ることができる。

正面で仏像《ぶつぞう》と人形に礼をしてから出る人。

そのまま一礼して庭に出る人。

みんなそれぞれに、好きな場所から出ていっていいようだ。

えいこは、なんだかぼーっとしている。

それになんとなく顔色もよくない。

その間にも、お坊《ぼう》さんやお寺の半纏《はんてん》を着た人たちが、人形とぬいぐるみ、お花を無言でどんどん運び出している。

「お焚《た》きあげがはじまります。みなさん庭に出てください」

庭には、大きな枠《わく》が組んであり、火が燃《も》えていた。

火の手前にお坊《ぼう》さんたちがいて、横には人形やぬいぐるみ、花が置いてある。本堂の正面にあったときには、きれいに並《なら》べられていたのに、今は地面にそのまま、上も下も関係なくただ積まれている。

仕切りがあって、お坊《ぼう》さん以外はたき火と人形には近づけない。お経《きょう》といっしょに、人形たちと花が次々に火に投げ込《こ》まれていく。その度に炎《ほのお》は大きくなったり、小さくなったりした。白い煙《けむり》もあがっている。

ときどき、ゴオっと音がする。火の燃《も》える音。風向きで煙《けむり》がこちらに来ると、線香《せんこう》と焦《こ》げ臭《くさ》いにおいの他に、嗅《か》いだことのないにおいもする。

お経《きょう》の他にときどき、怒鳴《どな》るような大きな声でお坊《ぼう》さんが何か唱《とな》える。

「わたしずっと、こわかったんだ」

えいこが突然《とつぜん》つぶやくように話し出した。

人形とぬいぐるみ、花の山はどんどん小さくなっている。

途中《とちゅう》から帰った人もいるが、残っている人はほとんど無言だった。

火に向かって手を合わせている人もいる。

「花束《はなたば》に小さいお人形を隠《かく》していたの」

えいこが言う。

「ずっと前から家にあった木の箱に入った人形で、お母さんがタンスの奥《おく》にしまっていたの」

小さいころ、「箱の中はお人形だけど、ちょっとこわいから開けちゃだめよ」って教えてくれたのを覚えていた。お母さんが仕事でいないときに、ふと人形を見てみようと思った。

箱に貼《は》ってある小さな紙を静かにはがして、蓋《ふた》を開けると何重ものきれいな布でつくった着物を着た小さな日本人形だった。しばらく見てから、元通りに蓋《ふた》を閉《し》めようとしたとき、蓋《ふた》の裏側《うらがわ》にお札《ふだ》が貼《は》られていたことに気づいた。お母さんの話を思い出して、急いでタンスに戻《もど》しておいた。それからというもの、たびたび人形の夢《ゆめ》を見るようになった。

その夢《ゆめ》がこわくて、ある日、お母さんに人形を見てしまったことを話したのだ。お母さんはとても驚《おどろ》いた目をしていた。そして瞳《ひとみ》の奥《おく》には恐怖《きょうふ》さえも見えていた。大きくため息をついた後、「いつから夢《ゆめ》を見るようになったのか」を尋《たず》ね、それから人形について話してくれた。

その人形は、お母さんの家にいつからかわからないけれど、伝わっているもので、お母さんは、祖母《そぼ》が亡《な》くなるときに、受け取ったそうだ。祖母《そぼ》は「この中には人形が入っています。いまは封印《ふういん》されているけれど、封印《ふういん》を解《と》けば、いつ目を覚《さ》ますかわからない。それから決して人形の誘《さそ》いに応《おう》じて、いっしょについて行ってはいけない。封印《ふういん》を解《と》いてはいけない」と言われたそうだ。

お母さんは今まで夢《ゆめ》に人形があらわれたことはなかったようだ。

どのようないわれなのか、詳《くわ》しい話はお母さんもわからないようなのだが、祖母《そぼ》の前から幾度《いくど》となく人形をお寺などに納《おさ》めてはみたが、そのたび帰って来てしまうのだ。そこで仕方なく、代々引き継《つ》いできたというのだ。

「このところ毎晩《まいばん》のように人形は夢《ゆめ》の中に出てきて、手招《てまね》きをするの。いやだと言うと、ものすごい目で見るの。そのたび一生懸命《いっしょうけんめい》に逃《に》げていると、なぜかこのお寺に来るの・・・・」

そのとき、えいこの視線《しせん》の先、燃《も》えあがる炎《ほのお》の中からこちらに手を伸《の》ばす黒い影《かげ》がくっきりと見えた。

とっさにえいこを後ろに下げて、小さく九字を切る。

続けて不動明王真言《ふどうみょうおうしんごん》と同時に印を結ぶ。

そして何度か伸《の》びて来る影《かげ》を押《お》し戻《もど》す。

横から護符《ごふ》が影《かげ》に向かって飛ぶのが見えた。

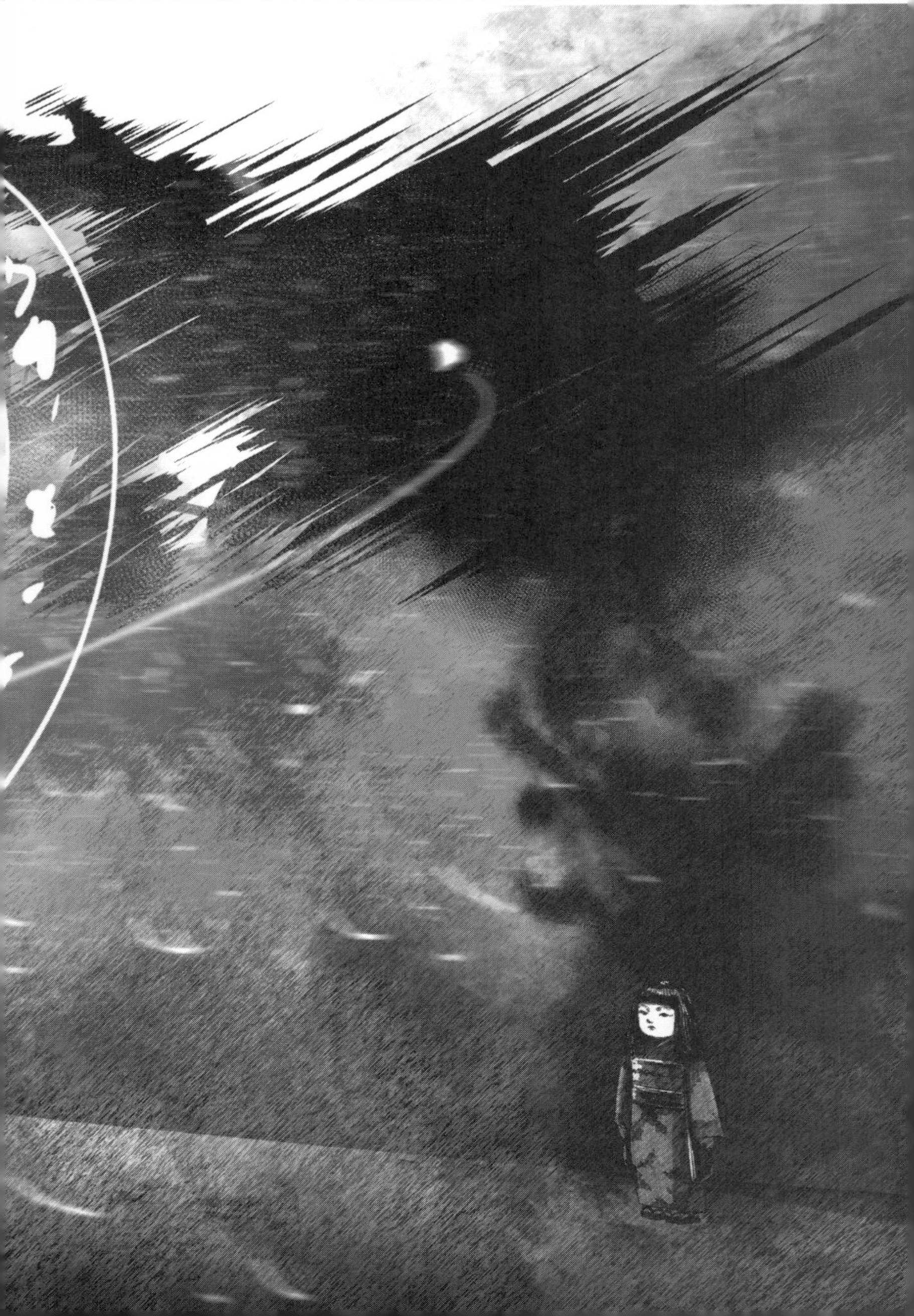

影《かげ》は炎《ほのお》の中に消えて二度とあらわれなかった。

気がつくと背中《せなか》にはびっしょりと汗《あせ》がにじんでいる。

えいこは、友人にしっかり抱《だ》きかかえられていた。

炎《ほのお》と煙《かむり》が大きくゆれ、炎《ほのお》の中で最後の人形が焼《や》けて崩《くず》れた。

「無事に人形供養《くよう》が終わりました。みなさんのお心にかかっていたこともすべて、お焚《た》きあげいたしました。どうぞお気をつけて、お帰りください」

境内《けいだい》にいた人たちが帰りはじめると、一人のお坊《ぼう》さんが近づいてきた。

「ご苦労様でした。ずいぶん業《ごう》の深い御魂《みたま》がございましたな。少しはらはらしました。お力添《ちからぞ》えいただきありがとうございました」

手を合わせ、一礼した。

◎**人形供養《にんぎょうくよう》**

人形は現代《げんだい》では、遊び道具、飾《かざ》りものとして愛玩《あいがん》されるものですが、古くは「ひとがた」と呼《よ》ばれ、人間の身代わりとして、病魔《びょうま》や災《さい》厄《やく》を移《うつ》し、海や川に流したりするものでした。

現代《げんだい》でも、六月には、水無月の祓《はら》いとして「ひとがた」で身をぬぐい、息を吹《ふ》きかけて、厄《やく》を落とす神事がおこなわれています。

人形は人の形をしたものですから、人の思いを込めることや、誰《だれ》かを人形になぞらえることが、容《よう》易《い》にできると考えられていました。

平城京の遺跡《いせき》からは、人型の木《もっ》

箇《かん》（木を薄《うす》くけずったもの）に、墨《すみ》で名前を書いたものが、出土されています。

人形にまつわる怪談《かいだん》でよく聞くものは、人形の髪《かみ》が伸《の》びる。

人形の目から涙《なみだ》がこぼれた。

タンスの上などに置いてある人形の向きがいつのまにか、変わっている。

人形の腕《うで》を壊《こわ》したら、同じ腕《うで》を骨折《こっせつ》した。などが有名な話でしょうか。

他にも枚挙《まいきょ》にいとまがありません。

わら人形をつくり、呪《のろ》いたい相手の名前を書き、深夜、密《ひそ》かに釘《くぎ》で木に打ちつける。呪《のろ》いの話も有名です。

京都のある寺では、深夜の廊下《ろうか》をサリサリと衣擦《きぬず》れの音をさせながら見回りをする「ばんぜいさん」という古い人形がいるそうです。


日本人形組合の方の説明では、髪《かみ》が伸《の》びるのは古くなった人形の頭の素材《そざい》に、緩《ゆる》みがでるためとのことです。

よいつくりの人形ほど、髪《かみ》は一本ずつ植えてあるため、土台に入っている部分が少しずつ表に出て「伸《の》びる」とのこと。

目から涙《なみだ》が出るのは、温度の変化でガラス（目の素材《そざい》）に水滴《すいてき》がつくため。

ほかに、人形の向きが変わるのは、近くの道路などから、人に感じられない小さな振動《しんどう》が伝わっていて、ゆっくり向きを変えているという説があります。

◎人形供養《にんぎょうくよう》は

ゴミとして処分《しょぶん》してしまうには、愛着《あいちゃく》があり、かわいそうに思える、亡《な》くなった方が大事にしていた品である等、さまざまな理由から、寺院や神社に納《おさ》めて、手放す方法です。

（教義《きょうぎ》や宗旨《しゅうし》によって、供養《くよう》を引き受けていない寺社もあります。）

もうひとつ、人形供養《くよう》で有名な神社の話をします。

和歌山県にある淡島神社は、人形供養《くよう》で大変有名です。境内《けいだい》に入ると本殿《ほんでん》の周《まわ》りをびっしりと埋《う》めた日本人形がまず目に入ります。その数は、数百～千体くらいでしょうか。圧倒的《あっとうてき》な数です。本殿《ほんでん》の周《まわ》りを歩くと、人形の目が一斉《いっせい》に自分を見ているような、そんな気分になります。

実際、不思議な体験をした方もいるそうです。

この神社は地下室があり、特にいわくつきの人形は地下室に納《おさ》めている。

とのことです。

宮司《ぐうじ》さんは「人形は人に見てもらい。遊んでもらうために生まれてきた。多くの人に遊んでもらうことがよい供養《くよう》」との考えで、納《おさ》めた人形を燃《も》やす供《く》養《よう》はしていません。

参拝《さんぱい》した希望者には、地下室ツアーなどもおこなっているそうです。


お話の人形供養《くよう》の舞台《ぶたい》は鎌倉の某寺《ぼうじ》です。

作者が実際にみた供養《くよう》を簡単《かんたん》に書いたものです。

そして、本当に人形との別れを惜《お》しむ人がいらっしゃって、多くは涙《なみだ》を流していました。

呪《のろ》いの人形も確かにあったとつけくわえておきます。

天狗憑《てんぐつ》き

高尾山●筑波山●石鎚山●大山など

それは桜《さくら》も散り、夏のような日差しがふり注《そそ》ぎはじめた初夏のころだった。

早朝のケーブルカー乗り場は、これから山歩きを楽しむ人たちで、賑《にぎ》わっていた。

「ごめん、ごめん」友人が手を振《ふ》りながら、近づいてきた。

彼女《かのじょ》の後ろには、中学生くらいの男子が小走りについてきている。

「急に、弟も行きたいって。駄々《だだ》をこねてさ」ぺこりと男の子は頭を下げた。

いつもは外遊びや運動が苦手《にがて》な弟が、急に姉の山歩きについて行きたいと、言ったのだそうだ。

「よろしくお願いします」男の子が言った。「保臣《やすおみ》です」

「よろしくね。保臣《やすおみ》くん」

冬の間に、少しなまけていた身体をゆっくりほぐすために、選んだ山歩きなので、ゆっくり歩くつもりだ。中学生なら体力もあるだろう。

ケーブルカーを降《お》りて、神社まで歩く、まず参拝《さんぱい》。

大山阿夫利神社は、江戸時代から大山詣《おおやまもうで》で有名な神社だ。下社までは最寄《もよ》り駅から、バスとケーブルカーの乗り継《つ》ぎで、楽に来ることができる。

山頂《さんちょう》までの道は整備《せいび》されている。滝《たき》やモミの原生林を眺《なが》めながら、ゆっくり登る。

「運動苦手《にがて》なんだから、遅《おく》れないでよ」と言っていた友人の方が、かえって弟よりペースが遅《おそ》いくらいだ。

「運動が苦手《にがて》なのにいいペースだね。好きなスポーツとかはないの？」

黙《だま》って登るのはつまらない。近くを歩く友人の弟に話しかけた。

「あんまり運動は好きじゃないです。走るの遅《おそ》いし、本を読んだりする方が好きです」

「わあ。すごい」彼《かれ》が急に立ち止まった。少し先の斜面《しゃめん》を眺《なが》めている。

「あの木、太陽の反射《はんしゃ》かな。枝《えだ》の先がキラキラ光っている」

昔から霊山《れいざん》と呼《よ》ばれる山。信仰《しんこう》を集めている山には、少し特別な木がある。枝先《えださき》に光りが宿る。あるいは、気の流れが目に見えるのだろうか、地面から木に沿ってグイグイと風のような流れが巻《ま》き上がって行く木がある。

彼《かれ》の指さす先にも、確かにそんな風に思われる木があった。

「すごい。きれいだなあ。光りが移動《いどう》している」魅《み》せられるように、見入っているのは、少し危《あぶ》ないなと思ったとき、やっと友人が追いついてきた。

「頂上《ちょうじょう》はまだ〜おなかすいた」それをきっかけに、この場を離《はな》れた。

山歩きの日から数週間後。友人からの電話でわたしは彼女《かのじょ》の家に向かった。

「弟が変なの」友人は言った。

山歩きの翌日《よくじつ》から、彼《かれ》の通学する中学で体育祭の練習がはじまったそうだ。

体育祭の練習があるときには、いつもは「だるい、学校休みたい」と言いながら、渋々《しぶしぶ》登校しているのに、今回は違《ちが》うのだという。

「でも、絶対に様子が変。ときどき、弟の部屋から気味の悪い笑い声がするし、この間、弟と帰り道がいっしょになったの。前を歩く弟に声をかけようと思ったら」

跳《と》んだのだという。ちょうど人通りが少なくなる路地。

右に小さい寺の塀《へい》が続く路地で、ヒョイッと弟が足を蹴《け》ると、寺の塀《へい》に飛び乗った。

そのまま、普通の地面を走るように塀《へい》の上を駆《か》けていったのだというのだ。

「確かに見た。夢《ゆめ》じゃない」友人は言葉を続けた。

「体育祭本番も大活躍《かつやく》だったんだって。今まであんなに活発なあの子を見たことがないって、見に行った家の人たち、すごく驚《おどろ》いていた。家はサイクルショップでしょ。父はロードバイク大好き人間だから、保臣《やすおみ》はロードの選手にするなんて、張《は》り切っちゃってるの。でも、体育祭の翌日《よくじつ》、熱を出して寝込《ねこ》んじゃった」

次の日には熱は下がったが、身体が痛《いた》いと訴《うった》えたそうだ。病院に連れていったが、なんでもないとの診断《しんだん》だったそうだ。

「それは、たぶん天狗憑《てんぐつ》きだね」

「天狗《てんぐ》って、えっと妖怪《ようかい》？」友人は目を丸くした。

「妖怪《ようかい》とは違《ちが》うけど。たぶん彼《かれ》は天狗《てんぐ》に気に入られて、天狗《てんぐ》の力を借《か》りているところ。普通《ふつう》の自分ならできないことが簡単《かんたん》にできる。突然《とつぜん》、足が速くなり、身が軽くなる。なんなら空も飛べるかもね。いつもは使わない自分の力を一度に出したから、熱を出したり、身体が痛《いた》いのも、そのせいだと思う。」

「火事場の馬鹿力《ばかぢから》ってやつ？」友人は少し納得《なっとく》したようだ。

「ミサキは『オカルト研究会』じゃなくて、『歴史民俗《みんぞく》研究会』の一員だし、これからどうすればいい？　解決《かいけつ》できないかな？」

山には、現代《げんだい》でも説明できない不思議がある。

自然の持つ力の中にはわたしたち人間には、まだ完全に理解《りかい》できない力もある。

光るように見える木、大地からエネルギーが渦巻《うずま》くように昇《のぼ》る木。

そんな木には天狗《てんぐ》がいると言われている。というか、そのエネルギーを感じることが天狗《てんぐ》を見ることになるのかもしれない。

「保臣《やすおみ》くんが、じっと見入っていた木に天狗《てんぐ》がいたんだと思う。

こちらが見つめれば、あちら側からも、じっとこちらを見つめる・・・・。

山に帰って貰《もら》うように説得できれば・・・・」

大きく開けた窓《まど》の傍《そば》で、弟はジッと腕《うで》を組み、目をつむっていた。

「師《し》のご坊《ぼう》」ミサキが語りかけた。

「うむ」目をつむったまま、弟が頷《うなず》く。

「町は楽しまれましたか？」「応《おう》」

「この童《わらべ》。まだ未熟《みじゅく》にて、ご坊《ぼう》の器にはふさわしからぬと存《ぞん》じます」

「山へ連れ帰らんか。思案しておる」

「困《こま》ります！」友人が叫《さけ》ぶ。

ぎろり。保臣《やすおみ》は目を剥《む》くと、姉を見た。

ふふっ。天狗《てんぐ》の口がゆがんで、笑いが漏《も》れた。


「ご坊《ぼう》、いまき、ご坊《ぼう》の姿《すがた》をみとめるものも少なく、見所ありとして、この童《わらべ》がお目にとまったと思われます。しかし、他に縁《えん》はございませんか」

「縁《えん》。縁《えん》ありやなしや。なしとせば、どうじゃ。ありとせば、どうじゃ」

ううっ。ミサキは唸《うな》った。しまった。天狗《てんぐ》は学問や修行《しゅぎょう》の果《は》てに成《な》ったものが多い。理屈《りくつ》っぽい。知恵《ちえ》がある。簡単《かんたん》には納得《なっとく》して立ち去ってくれない。

「何を言ってるの？」友人が耳うちした。

「保臣《やすおみ》くんと天狗《てんぐ》との縁《えん》について、あるか、ないかを聞いている。ご先祖《せんぞ》でもいいから、誰《だれ》か昔、お坊《ぼう》さんだったとか、大山詣《おおやまもうで》に熱心な人がいたとか、聞いたことない？」

「お仏壇《ぶつだん》見て来る」

友人は部屋を飛び出した。

「さてさて縁《えん》のありやなしや。ありやなしや」天狗《てんぐ》はゆるゆるとつぶやく。

天狗《てんぐ》には階級《かいきゅう》があるという、上には大天狗《てんぐ》といって、伝説に名を連ねる天狗《てんぐ》がいる。

大天狗《てんぐ》に訴《うった》えると言えば、どうなるだろう。

バタバタバタ。友人が部屋に戻《もど》ってきた。

息をきらせながら友人は古い写真を出した。

「これ、これ」

セピア色にくすんだ写真の中には、山伏《やまぶし》の一団《いちだん》が写《うつ》っている。

山の頂上《ちょうじょう》だろうか、石碑《せきひ》に何か書いてあるが、色あせてしまって読めない。

「たぶん、ひいおじいさんだと思う」

ミサキが写真を差し出すより早く、天狗《てんぐ》はその写真を見たようだった。

「縁《えん》の糸の切れぬこそ尊《とうと》けれ。童《わらべ》よ。息災《そくさい》で暮《く》らせ。また会おうぞ」

弟は床《ゆか》にコトンと倒《たお》れた。そのまま眠《ねむ》っているようだ。

カーテンが大きく揺《ゆ》れ、窓《まど》の外にはためいた。風が渦《うず》を巻《ま》き出ていった。

「出ていってくれた」

「また会おうって・・・・」

「たぶんこれからも、ときどき保臣《やすおみ》くんの様子を見に来るかもしれない。天狗《てんぐ》は教えたがりなんだ。悪いやつではないんだけどね」

◎天狗《てんぐ》伝説《でんせつ》

大きな自然の力を借りるために、山を神として祀《まつ》り、山を駆《か》け巡《めぐ》って自然と一体になる修行《しゅぎょう》をする修《しゅ》験道《げんどう》という教えがあります。

山伏《やまぶし》は修験道《しゅげんどう》を信じ、修行《しゅぎょう》をします。行者とも呼《よ》ばれます。

険《けわ》しい山道を駆《か》け巡《めぐ》り、縄《なわ》一本に身を託《たく》して深い谷底をのぞき込《こ》むなど、常人《じょうじん》では考えられない厳《きび》しい修行《しゅぎょう》をおこなうため、雨乞《あまご》い、憑《つ》きもの落としなど、超《ちょう》自然的な力を身につけていると考えられてきました。

天狗《てんぐ》の格好《かっこう》（装束《しょうぞく》）は、ほとんどが山伏《やまぶし》に似《に》ています。

天狗《てんぐ》にはその力によって、階級《かいきゅう》

があります。

全国の主な山には、大天狗《てんぐ》と呼《よ》ばれる天狗《てんぐ》がいます。

太郎坊《たろうぼう》・京都愛宕山、僧上坊《そうじょうぼう》・鞍馬山、法印坊《ほういんぼう》・筑波山、内供坊《ないぐぼう》・高尾山。

この話の舞台《ぶたい》、大山（神奈川県）には、「相模坊《さがみぼう》」という名前の天狗《てんぐ》がいたそうです。

ですが、平安時代の終わり。源氏と平氏の戦がはじまるころに、相模坊《さがみぼう》は、讃岐《さぬき》に流刑《るけい》になった崇徳院《すとくいん》を慕《した》って四国に渡《わた》り、それからは替《か》わりに伯耆大山《ほうきだいせん》にいた「伯耆坊《ほうきぼう》」が大山の天狗《てんぐ》になったそうです。その他にも、烏天狗《からすてんぐ》。（顔が烏《からす》の天狗《てんぐ》。地位が低いモノと神に近いモノがいるそうです）。天狗《てんぐ》の中でもささいないたずらで人間を翻弄《ほんろう》するのは木《こ》っ端天狗《ぱてんぐ》と呼《よ》ばれます。

◎その他の天狗《てんぐ》の仕業《しわざ》と言われる怪現象《かいげんしょう》

天狗笑《てんぐわら》い

山中に突然《とつぜん》、笑い声が聞こえる。その方向には、人のいる形跡《けいせき》がなく、笑い声だけが響《ひび》くというもの。山の斜面《しゃめん》や、木の生え方などから、遠くの声が反射《はんしゃ》して聞こえるという説もある。

天狗礫《てんぐつぶて》

山道を歩いているとき、何もないのに、バラバラっと音がする。実際に小石が落ちて来ることもある。平地にある家の軒《のき》や窓《まど》に、あたりに誰《だれ》もいないのに礫《つぶて》を打たれることもある。その家の住人が山を荒らしたことなどに怒《おこ》った天狗《てんぐ》の仕業《しわざ》と言われている。

天狗倒《てんぐだお》し

登山や山仕事で休憩《きゅうけい》をしているとき等、木を切り倒《たお》す音が聞こえ、大きな木が倒《たお》れる音がすること。他にも山で仕事をしている人がいるのか？　と思い、実際にその方向に行ってみても、木が切り倒《たお》された形跡《けいせき》はない。

神隠《かみかく》し

こつ然《ぜん》と人が消える現象《げんしょう》。探《さが》しても見つからず、諦《あきら》めて数か月から数年を経《へ》たころ、突然《とつぜん》あらわれることもあった。天狗《てんぐ》の仕業《しわざ》として恐《おそ》れられていた。

絵馬

荏柄天神●御霊神社●葛原岡神社
に限《かぎ》らず絵馬を納《おさ》めることのできる寺社

それはお正月が終わり。冬休みもあと残りわずかとなった日の出来事だった。

「こんにちは」チャイムが鳴り、玄関《げんかん》に出ると、以前、天狗《てんぐ》に好かれた男の子が、外に立っていた。セーターに青いマフラーだけの軽装《けいそう》だ。

一月にしては暖《あたた》かい日で、お昼を過《す》ぎたところだ。陽射《ひざ》しはたっぷりある、とはいえ、コートなしで外出するのは寒いと思う。

「急いで家から飛び出してきたみたいだ。でも天狗《てんぐ》に憑《つ》かれてはいない」と、ミサキは思った。

「こんにちは。保臣《やすおみ》くんだよね。今日はどうしたの？」

「聞いてもらいたいことがあって・・・・」

そう言うと彼《かれ》は周囲を気にするように見回した。何かにおびえているようだ。

「中で話を聞きましょう」

保臣《やすおみ》くんの話。

もうすぐ高校受験なので、塾《じゅく》に通っている。塾《じゅく》には別の中学校の友だちもいる。一昨日。その子たちと初詣《はつもうで》に行った。

保臣《やすおみ》くんを入れて全部で四人。もちろん合格祈願《ごうかくきがん》の初詣《はつもうで》だ。

「兄さんの合格祈願《ごうかくきがん》に何回かつき合ったことがある」といっていた友だちの一人は、神社をたくさん知っていた。

「合格祈願《ごうかくきがん》！　必勝最強神社巡《めぐ》り計画マップ」をつくって持ってきたので、それを元に回ることにした。まずは勝利の神様。鶴岡八幡宮。

「すごく混んでいたでしょう」と聞いた。それに昼間、人で賑《にぎ》わう鶴岡八幡宮で、不思議なことが起こるとは考えられない。

「超混《ちょうこ》んでいました。それにマップを持って来た友だち以外は、家の人と初詣済《はつもうでず》み。だから、悪いけど、鶴岡八幡宮では大鳥居《とりい》から手を合わせて済《す》ませました」そこから学業の神様「菅原道真《すがわらのみちざね》」がご祭神の荏柄天神に行ったという。

境内《けいだい》はそんなに広くないけれど、いちばん有名だから、ここも、たくさんの人がお参りに来ていて、拝殿《はいでん》に進む行列ができていた。行列はのろのろ進むので、彼《かれ》らは少し退屈《たいくつ》してしまったそうだ。

「やっぱり有名なところは混《こ》んでいるね」

「こんなにたくさんの人がお願いして、神様はちゃんとわかるのかな」

そんな会話をしながら行列で待つ時間を紛《まぎ》らわせていた。

赤い本殿《ほんでん》の周《まわ》りには絵馬がびっしりと掛《か》かっていた。

「絵馬どうする？」

「絵馬を納《おさ》めるのははじめてなんだ。どうすればいいの？」

絵馬売り場を見ると・・・・。

ミサキは思わず、くすっと笑ってしまった。彼《かれ》は話を止めた。

「ごめん、ごめん。売り場って言い方がおもしろくて。これからは、売り場じゃなくて、正しく授与《じゅよ》所と言ってほしいなあ。神様から授《さず》かるものだからね」

「はい。今度からそう言います」

彼《かれ》は、話を続けた。

荏柄天神の授与《じゅよ》所を見ると、お参りした人はみんな、立ち寄《よ》っているみたいで、お参りの行列よりも、もっと混《こ》んでいたそうだ。

今から列の最後に並《なら》んでも、いつ自分たちの番になるのかわからない。

「他にも行くから、そこに絵馬を納《おさ》めようよ」友だちが言った。

人混《ひとご》みに疲《つか》れてしまった四人は、江ノ電に乗った。

次の神社は長谷にある御霊神社だ。

御霊神社は江ノ電の線路のすぐ近くで、いつもはひっそりとしている。

武将《ぶしょう》が祭神の古い神社だそうだ。小さいお社《やしろ》がたくさんある。

「御霊神社は合格《ごうかく》というより、志《こころざし》を貫《つらぬ》くことをお祈《いの》りする神社なのよね。渋《しぶ》い選択《せんたく》だね」

ミサキは褒《ほ》めた。

「で、絵馬が・・・・あったんですけど」

「鹿《しか》と仙人《せんにん》みたいなおじいさんの絵馬でしょう」

彼《かれ》が、頷《うなず》いた。

「今は武将《ぶしょう》（鎌倉景政《かまくらかげまさ》）より、七福神の方が有名だからねえ」

ミサキが言う。

「御霊神社は鎌倉七福神の「福禄寿《ふくろくじゅ》」をお奉《まつ》りしている。見た目は白いひげの仙人《せんにん》スタイルのおじいさんだけど、福禄寿《ふくろくじゅ》の「禄《ろく》」には、立身出世や高い身分になることが含《ふく》まれているから、武将《ぶしょう》（鎌倉景政《かまくらかげまさ》）の志《こころざし》を貫《つらぬ》く意志と合わせて、悪くはないと思うけれど・・・・地味かな」

「福禄寿《ふくろくじゅ》。そこで書けばよかったかな」

彼《かれ》は少し元気なく言う。

冬の短い日。窓《まど》から入る光りが低く長い影《かげ》を落とす。

「僕《ぼく》たちは江ノ電で鎌倉まで引き返しました。そこから源氏山公園まで歩いて、葛原岡神社へ行った。一時間くらい歩いたかな、もう今日はこれで終わりにして、ここで絵馬を書いて納《おさ》めようと話しながら」

「葛原岡神社。これはまた、とても渋《しぶ》い選択《せんたく》だったね。最強マップつくった君の友だちは歴史好きなのかな？」

葛原岡神社は、一般には縁結《えんむす》びで有名な神社だ。

祭神は後醍醐天皇《ごだいごてんのう》の側近。日野俊基卿《ひのとしもときょう》。とても有能な人で、文章博士だった。

鎌倉幕府を倒《たお》すために奔走《ほんそう》したが、志半《こころざしなか》ばで捕《と》らえられ処刑《しょけい》されてしまった。

明治時代になってから、後醍醐天皇《ごだいごてんのう》による「建武《けんむ》の中興《ちゅうこう》」に繋《つな》がる働きをした忠臣《ちゅうしん》として、由比ヶ浜の総鎮守《そうちんじゅ》として築《きず》かれた神社。

拝殿《はいでん》横にある昇《のぼ》り龍《りゅう》の碑《ひ》は、開運、志《こころざし》を遂《と》げること、学業を成し遂《と》げる御利益《ごりやく》があると言われている。

「昇《のぼ》り龍《りゅう》の由縁《ゆえん》に目をつけたのは、すごいね」

「わりと新しい神社なんですね。龍《りゅう》の絵馬を書いて納《おさ》めました。それで終わりで、帰ればよかったんです」彼《かれ》が続ける。

「境内《けいだい》を見て歩いていると、ふたつの石を赤い糸で結んだ場所に、縁結《えんむす》びの絵馬がたくさんあったんです」龍《りゅう》の絵馬を納《おさ》めた場所でも、自分の絵馬を掛《か》けるときに、ついはずみで、他の人が奉納《ほうのう》した絵馬を見てしまうことはあったと言う。

龍《りゅう》の絵馬には「開運」「就職祈願《しゅうしょくきがん》」などが多かった。合格祈願《ごうかくきがん》は少なめだから、神様も願いごとを聞いてくれるかもしれない。これで無事に一日終了《しゅうりょう》したという気分もあった。

「縁結《えんむす》びの絵馬って何が書いてあるんだろうな」

一人がそういって絵馬を見た。

良縁祈願《りょうえんきがん》。絵馬に名前が書いてある。

よくないことだが、人の願いをのぞくことは、少しわくわくした気分だった。

誰《だれ》かが、何気なく一枚《まい》の絵馬をひっくり返した。

「しね。しね・・・・」

そこには真っ赤なマジックで、一面に。呪《のろ》いの言葉が書かれていた。

「わあ！」友だちが叫《さけ》んだ。

ザザザザザ。神社を囲む森の木が音をたてた。風？

まるで何者かが、警告《けいこく》を発しているように感じた。

「ザザザザ」という音は、黒いチョークをコンクリートで摺《す》りつぶすような、ざらざらした濁《にご》った感じだった。

「なんだよ。これ」

友だちの中でいちばん気の強い「りょうた」が、もう一枚隣《まいとなり》の絵馬を裏返《うらがえ》した。

「呪《のろい》」今度は真っ黒なマジックで大きく一文字。

ぱた。ぱた。ぱた。りょうたは、近くにある絵馬を数枚《まい》、立て続けに裏返《うらがえ》した。

そのどれにも、赤や黒で、呪《のろ》う言葉が書いてあった。

「意味わかんね」「きもい！」「僕《ぼく》たちがやったと思われるぜ。帰ろう」

口々に言った。そして駆《か》け出して神社を後にした。

「そのとき、境内《けいだい》の木の陰《かげ》から僕《ぼく》らをじっと見ている人影《ひとかげ》を見たような気がしました」

ザザザザザ。その音は、そこから発せられていた。

その翌日《よくじつ》、りょうたが突然《とつぜん》訪《たず》ねてきた。少し青ざめた顔色をしながら話しはじめた。

りょうたの家は花屋で、昨日は店の手伝いをしていた。そこに変な電話がかかってきたと言うのだ。

「電話を取り、店の名前を告《つ》げて、誰《だれ》かと聞いても、無言なんだそうです」

電話を切ろうとしたとき、

「ザザッ・・・ザザッ・・・み・・・た・・・ね・・・」

雑音《ざつおん》に混《ま》じった声が聞こえた。

りょうたが電話を切ったとき、ザアッと音を立てて、店の前を風が通って行った。その風の中に黒い毛玉のような塊《かたまり》が見えたと言う。ぷんと焦《こ》げたようなにおいがした。驚《おどろ》いたりょうたは、保臣《やすおみ》以外の二人に変な電話がなかったか、と聞いた。

でも、二人には掛《か》かってきてなかった。

「それで、君の家にも、今日、無言電話が掛《か》かってきた。違《ちが》うかな？」彼《かれ》は頷《うなず》いた。

「だから、どうすればいいのか、教えてください。この間、天狗《てんぐ》を説得《せっとく》してくれたみたいに・・・・・」

「たぶん」ミサキは言った。

「りょうたくんの家はお花屋さんか・・・・・」

「そうです」

「龍《りゅう》の絵馬にはみんな、何を書いたの？」

「合格祈願《ごうかくきがん》。受ける中学校。自分の名前」

「フルネーム？　姓名《せいめい》全部？　住所は？　書いた？」

「姓名《せいめい》は全部だけど、住所は市だけ書きました」

「電話がかかって来ない友だちの家は、お店じゃないでしょう」

「その通りです」なんでわかったのだろう、彼《かれ》がつぶやく。

「姓名《せいめい》全部、市だけの住所。それだけで十分、個人《こじん》情報だよね。この話、少し面倒《めんどう》なのは、人間と、人間の暗い気持ちにつけ込《こ》むのが大好きな魔《ま》が混《ま》じっていること」

ミサキが続ける。

「もともと絵馬は、願いごとのほかには、自分の干支《えと》と男性《だんせい》か女性《じょせい》か。だけを書くものだったの。神様なら、それだけでわかると、昔の人は信じていた。

人の願いごとをのぞきたい趣味《しゅみ》の悪い人はいる。のぞいておもしろがるだけなら、それほどやっかいじゃない。だけど、たとえば願いの邪魔《じゃま》をしてやろうと考える人もいる。そいつは、心が魔《ま》にとらわれてしまう。

運悪く、君たちは『怨鬼《えんき》』と遭《あ》ってしまった。『怨鬼《えんき》』はなかまを増《ふ》やしたい」

「友だちになりたいってことですか？」彼《かれ》の言葉にミサキは首を振《ふ》る。

「自分と同じ『怨鬼《えんき》』を増《ふ》やしたいだけ。友だちなんかじゃない。

（どうしてわたしだけが）怨鬼《えんき》はいつもこう思って、人を妬《ねた》んでいる。他人の不運・不幸を喜ぶ。見つけた誰《だれ》かが、少しでも嫌《いや》な気持ちになるように、あるいは本当に書いた人を呪《のろ》って、絵馬の裏《うら》に呪詛《じゅそ》を書きなぐっている」

ミサキはため息をついた。

「『怨鬼《えんき》』は人間でもあるから、君たちが逃《に》げ帰った後、絵馬掛《か》けの場所に行き、君たちの年齢《ねんれい》から察《さっ》して、奉納《ほうのう》した絵馬を見つけ出し、市と名前を手に入れた。たぶん市内の同じ姓《せい》で、電話番号が簡単《かんたん》に調べられるところには、片《かた》っ端《ぱし》から電話をして、男の子が出たら、同じように脅《おど》かしている。残りの友だち二人は、家が自営業ではないから、電話帳に家の電話を登録《とうろく》していない」

彼《かれ》の顔が少し明るくなる。

「じゃあ、もう気にしなくていいんですね」

「人間の方はね」

「もっと何かあるんですか？」

ミサキは頭を掻《か》きながら、窓《まど》の外を見た。

冬の日は短いが、まだ暗くなるまでは、時間がある。

「あれから、保臣《やすおみ》くんは、天狗《てんぐ》の気配を感じることはある？　見守っているような、暖《あたた》かい感じとか。あるいは、スゥッと気持ちが静かになるような感じ」

「建長寺から半僧坊《はんぞうぼう》まで登ってハイキングコースを歩いたとき、大山に行ったときみたいな額《ひたい》がすーっと気持ちいい感じでした。光る木も見ました。ジッと見なかったけど」

「よし。決まった。いっしょに半分の魔《ま》も祓《はら》ってしまおう」

ミサキが立ち上がった。

二人は自転車で葛原岡神社を目指した。

「本当は建長寺に行きたかったけれど」

葛原岡神社の前で、自転車を降《お》りながら、

ミサキはバックパックから方位磁石《じしゃく》を出した。

「建長寺は、ほぼ真東」とつぶやく。

「僕《ぼく》に、何かできることがあるんですか？」

「君かいっしょにその場にいた友だちの誰《だれ》かにしか、できないことなの。呪《のろ》いは、人に見られると帳消《ちょうけ》しになり、かえって自分に返って来ることになる。怨鬼《えんき》は、君たちに自分の禍々《まがまが》しいおこないを見られた。これは怨鬼《えんき》にとっては、失敗。しかし君たちを脅《おびや》かして、(なかま)にすれば、呪《のろ》いが自分に返って来ることはない。

電話はその手段《しゅだん》のひとつだった。もし、あの電話の後、願いごとが叶《かな》わなかったら(どうしてわたしだけが)と、少しは考えてしまわない？　その後、もし不運が立て続けに続いたら、落ち込《こ》んだ気持ちは(どうしてわたしだけが)という思いをため込《こ》んでいく。その気持ちが爆発《ばくはつ》して誰《だれ》かを妬《ねた》ましく思ったら」

「魔《ま》になるんですか？」

「なる可能性《かのうせい》が大きくなる。それがやっかいな半分の魔《ま》」

ミサキは東の空を指さす。

「建長寺の方向、線路と凸凹《でこぼこ》で大変だけど、空を見て半僧坊《はんぞうぼう》に登ったときの感じと風の流れを思って」

「光ってみえます。額《ひたい》が涼《すず》しい」

少しの間、彼《かれ》は目を閉《と》じていた。

「彼《かれ》に縁《えん》のある天狗殿《てんぐどの》。お降《お》りください。でも彼《かれ》の意識を消してしまわないで」

ミサキは、小さく真言《しんごん》を唱《とな》えながら願った。

「大丈夫《だいじょうぶ》みたいです。」

目を開くと、彼《かれ》が言った。

「もっと近くで呼《よ》べと、天狗《てんぐ》が言った。気がします」

「早く行こう。日が傾《かたむ》く前に」

ミサキは、彼《かれ》の手を取ろうとしたが止めた。

（小娘《こむすめ》が。笑止《しょうし》）という声を聞いたような気がしたからだ。

葛原岡神社の入り口に、『魔去《まさ》るの石』と言う石がある。その石に焼き物の杯《さかずき》をぶつけて割《わ》れば、魔《ま》を払《はら》うことができると信じられている。

「『言霊《ことだま》』か」

彼《かれ》がつぶやいた。大丈夫《だいじょうぶ》。天狗《てんぐ》は来ている。

「わたしには、これくらいしか思いつきませんでした。お願いします」

「はっはっは」

彼《かれ》は笑うと、杯《さかずき》を石にぶつけ、割《わ》りはじめた。

ひとつ、ふたつ、みっつ、よっつ。彼《かれ》とその友人分の杯《さかずき》が砕《くだ》けた。

よっつと数え終わったとき、彼《かれ》の手から礫《つぶて》が放たれた。

礫《つぶて》が鋭《するど》く虚空《こくう》を切る。周囲の濁《にご》った気配が、礫《つぶて》に打たれ消し飛んだ。

魔《ま》はつかず離《はな》れずこちらの様子を伺《うかが》っていたのだろう。

「これでよかろう」

そんな声を聞いた。

「天狗《てんぐ》、笑って去って行きました」

保臣《やすおみ》が遠くを見ながらつぶやいた。

◎建長寺と半僧坊《はんぞうぼう》・地獄谷《じごくだに》

建長寺は北鎌倉にある禅宗《ぜんしゅう》のお寺です。谷全体が境内《けいだい》になっています。

建長寺の本尊《ほんぞん》は禅宗《ぜんしゅう》には珍《めずら》しく、地蔵菩薩《じぞうぼさつ》ですが、それはここに寺が開かれる以前、地獄谷《じごくだに》と呼《よ》ばれた処刑場《しょけいじょう》があったことから、地蔵《じぞう》菩薩《ぼさつ》を本尊《ほんぞん》としているそうです。

半僧坊《はんぞうぼう》は建長寺の裏山《うらやま》にあり、寺の守り神とされる「半僧坊大権現《はんぞうぼうだいごんげん》」を祀《まつ》っています。

明治中ごろの大火、関東大震災《だいしんさい》の被害《ひがい》から免《まぬが》れたことから、火除《よ》け、災難《さいなん》除《よ》けの神として有名です。半僧坊《はんぞうぼう》には、さまざまな天狗《てんぐ》の像《ぞう》があります。半僧坊《はんぞうぼう》までのぼり、建長寺を見下ろすと、本当に天狗《てんぐ》が寺を守護《しゅご》しているような気持ちになります。

一方、地獄谷《じごくだに》と呼《よ》ばれた処刑場跡《しょけいじょうあと》は、半僧坊《はんぞうぼう》へ向かう途中《とちゅう》の道を右に折《お》れた先にあります。回春院（非公開寺院、見学できません）の近くと言われています。

このあたりは、多くの人で賑《にぎ》わう建長寺の中心から外れ、急に人がいなくなります。

立ち入り禁止《きんし》の場所もあります。散策《さんさく》するときは、明るいうちに。

◎源氏山公園

源氏山公園は、桜《さくら》、紅葉《こうよう》が美しい公園です。ここはかつて処刑場《しょけいじょう》であったと言われています。葛原岡神社の祭神、日野俊基卿《ひのとしもときょう》など、鎌倉幕府倒幕《とうばく》を企《くわだ》てた者が処刑《しょけい》された場所とのことです。現在《げんざい》でも、日が暮《く》れると処刑《しょけい》された者の幽霊《ゆうれい》や、落ち武者の霊《れい》を目撃《もくげき》したという噂《うわさ》が絶《た》えません。園内は照明も少なく、アップダウンの多い場所ですので、日が暮《く》れてからの入場は危険《きけん》です。

徒歩《とほ》で源氏山公園へ登る道のひとつに化粧坂《けわいざか》切り通しがあります。

鎌倉七口と呼《よ》ばれる鎌倉へ入る古い道の一つです。約八〇メートルの急な坂を、ジグザグに登っていきます。通行注意の看板《かんばん》があり、急で細く、険《けわ》しい道です。

新田義貞《にったよしさだ》が鎌倉を攻《せ》めたとき、四日間かけても突破《とっぱ》できなかった激戦地《げきせんち》でした。一人で坂を通ると、何故《なぜ》か視線を感じる、茂《しげ》みの奥《おく》からざわめくような音を聞いた、という噂《うわさ》があります。化粧坂《けわいざか》も日が暮《く》れてから行ってはいけません。

◎絵馬のはじまり・神様の乗り物から、おまじないへ

神様の乗り物として、生きた馬を奉納《ほうのう》し、神社で飼育《しいく》することがあります。この馬は御神馬《ごしんめ》と呼《よ》ばれています。（現在《げんざい》でも上賀茂神社（京都市）、神田明神（東京都）、伊勢神宮（三重県）、金刀比羅宮（香川県）、日光東照宮（栃木県）、吉川八幡神社（大阪府）などでは、御神馬《ごしんめ》を見ることができます。）

生きている馬は高価《こうか》であり、誰《だれ》でも奉納《ほうのう》できるものではありません。やがて土製や木製の馬形となり、木製の馬形から板に馬を描《えが》いた絵馬に発展《はってん》したと考えられています。

神の乗り物でもある馬は、人の願いを神の元にいち早く届けるように描《えが》かれたと考えられています。

古代から中世（室町時代）ごろまでは、農業に欠かせない雨を祈《いの》る（雨乞《あまご》い）、暴風雨《ぼうふうう》を鎮《しず》めることなどが主な願いでした。大絵馬という大きい絵馬が奉納《ほうのう》されていました。

時代が下がるに従《したが》い、人の願いもさまざまに増《ふ》えていきます。室町時代を過《す》

ぎたころから、小絵馬という大きさも現代《げんだい》の絵馬とほぼ同じものがあらわれます。江戸時代には小絵馬が主流となったそうです。

小絵馬は個人の願いごとを書くことが主流ですから、他人に知られたくない悩《なや》みや、願いも多くありました。そのため、本来の絵馬は干支《えと》と性別《せいべつ》のみを書き、願いごとすら書かないものでした。昔は願いごとをはっきり書かなくても、神仏はわかってくれていると信じていました。神仏と人との距離《きょり》が近かったようです。

◎絵馬のぞき

絵馬の裏側《うらがわ》に呪《のろ》いの言葉が書き込《こ》まれる話は、実話です。呪詛《じゅそ》を書き込《こ》むことで、感染呪術《かんせんじゅじゅつ》（相手の髪《かみ》や衣服の一部を傷《きず》つけると、相手もダメージを受ける）が、発動するという考え方です。

絵馬を奉納《ほうのう》する際《さい》には、願いごと・干支《えと》と性別《せいべつ》、名前を書く場合は、姓《せい》は書かないようにするのが無難《ぶなん》です。怨鬼《えんき》に遭《あ》わないように、お気をつけください。

龍神《りゅうじん》の湖

箱根 九頭竜神社本宮

天気予報《よほう》が梅雨《つゆ》入りを告げてから、逆《ぎゃく》に雨の日が少ない。

紫陽花《あじさい》も、雨を待つように乾《かわ》いた色で咲《さ》いている六月の休日だった。

「今から出られる？」

年上の従姉妹《いとこ》から着信があった。もうすぐ家の前に着くと言う。

「お願い。つきあって」

彼女《かのじょ》の言葉には差《さ》し迫《せま》った状況《じょうきょう》が読み取れた。

きっと何かトラブルなんだ。

外に出ると、赤いミニバンがちょうど家の前に止まった。

運転席の従姉妹《いとこ》が、窓《まど》を開けて、わたしに助手席に乗るよう促《うなが》した。後ろの席には、従姉妹《いとこ》と同じ歳《とし》くらいに見える女性《じょせい》が座《すわ》っていた。

「道々、理由は話すけど、今日は箱根に行きます。この子は従姉妹《いとこ》のミサキ。ミサキ、後ろの子はわたしの友人まゆこ。聞いてほしいのは・・・・」

ちょうど一年ほど前のこと。まゆこは一人で、箱根の九頭竜神社に詣《もう》でた。

九頭竜神社の新宮は、箱根神社の中にいっしょに祀《まつ》られている。箱根神社の祭神は、神話に語られるコノハナサクヤヒメという女神だと言われている。

箱根神社もさまざまな願いごとがかなうパワースポットとして有名だが、九頭竜神社は、縁結《えんむす》びに絶大《ぜつだい》な御利益《ごりやく》があると、人気を集めている。

芦ノ湖を大涌谷の方に向かった方向に本宮があり、いつからか、湖に面した小さい本宮の方が、よりパワーが大きいと噂《うわさ》されていた。

毎月十三日の月次祭には、船で湖を渡《わた》り本宮に詣《もう》でることができる。

特に、六月の例大祭には毎年数百人から千人近い人が、船で本宮を詣《もう》でるそうだ。

人混《ご》みが苦手《にがて》な彼女《かのじょ》は、祭の日をさけてあえて徒歩《とほ》で向かったのだと言う。

ホテルの脇道《わきみち》から、看板《かんばん》をたよりに遊歩道に入る。歩いても三〇分はかからないようだ。

入口で入場料を支払《しはら》った。遊歩道は通れる時間が決まっており、九時から四時まで。

昼食をのんびりとったから、予定より遅《おそ》くなったが、まだ日は高い。

ゆっくりお詣《まい》りしても、余裕《よゆう》で戻《もど》って来られると思った。

「普段《ふだん》、宮司《ぐうじ》はいないし、社務所《しゃむしょ》も閉《し》まっているから、気をつけて」

彼女《かのじょ》が一人なのを気にしてか、管理人が言った。

森の中の小道を歩く。曇《くも》っているが、まだ本格的な暑さではない。

小鳥の声がする道は、快適《かいてき》だった。

遊歩道に入り、ゆっくり十五分くらい歩いただろうか。

湖を左手に見ながら、最初に真っ白な社《やしろ》の『白龍神社』があらわれる。

入り口でもらったパンフレットを見ながら、お参りした。本宮まではもう少しだ。

本宮の近くに、湖につながる道があり、桟橋《さんばし》が見えた。

船で来たら、ここに着くのだろう。

立入禁止《きんし》の柵《さく》のすぐ近くまで近寄《よ》って、曇《くも》り空を映《うつ》す湖面を少し眺《なが》めていたそうだ。

「遠くの水面が波立って、筋状《すじじょう》の波が三、四本、つーっと走って、桟橋《さんばし》に向かって来るのが見えたような気がしました」

雲が厚くなっていくとともに、風が出はじめていた。

波は風のせいだろうと思った。肌寒《はだざむ》さを感じ、湖に背《せ》を向けて神社に向かう。

想像はしていたけれど、誰《だれ》もいない神社は寂《さび》しかった。

管理人の言ったとおり、社務所《しゃむしょ》も閉《し》まっているので、お守りは箱根神社まで戻《もど》り、新宮で頂《いただ》かなくてはならない。天気もよくない。

「早くお参りしてしまおう」朱塗《しゅぬ》りの本宮まで続く階段《かいだん》の下に立つ。

「なんだか、こわいくらい静かだ」背後《はいご》の湖がひどく気になる。

湖の方向から、冷たい風が吹《ふ》いた。

ぴちゃ。冷たい感触《かんしょく》をうなじに感じた。とっさに後ろを振《ふ》り返る。誰《だれ》もいなかった。

「やっぱり雨になるのかな」

独《ひと》りつぶやいて、前を向いた。

階段《かいだん》を上る足が重い。歩いてきて疲《つか》れたのだ。無理して来なくてもよかったかもしれない。

わたしには合わない神様だったのか。少し後悔《こうかい》した。

トン。今度は右肩《かた》を軽くこづかれたような感触《かんしょく》がした。

思わず、ぎょっとして振《ふ》り向いた。

さっきは気がつかなかったけれど、桟橋《さんばし》に髪《かみ》の長い女性《じょせい》がひっそりと立っているのが見えた。

いつ来たのだろう。首筋《くびすじ》がゾクッとして鳥肌《とりはだ》が立つ。

急ぎ足で階段《かいだん》を上った。

ぽつ。ぽつ。雨が落ちてきている。雨の音に交じって、ぴちゃぴちゃと聞こえるのは、桟橋《さんばし》にいた女性《じょせい》がこちらに近づいてきているのではないだろうか。

お参りもそこそこに、バッグから傘《かさ》を出し、広げながら振《ふ》り向いた。

誰《だれ》もいなかった。

「それ以来まゆこの周《まわ》りで、いろいろ不思議なことが起きるようになったそうなの」

ハンドルを握《にぎ》りながら従姉妹《いとこ》が言った。

後部座席《ざせき》の彼女《かのじょ》が頷《うなず》く。説明する言葉も静かで、弱い。

「最初は、アパートのトラブルでした」

階下《かいか》の住民から、水漏《も》れの苦情があったと管理人が報告にやって来た。

「夜中にあなたの部屋から水音がして、その音がすると下の部屋に水が染《し》み出て来るようなんです」

狭《せま》いユニットバスなので、普段《ふだん》はシャワーしか使わない。もちろん深夜に使ったことは、今まで一度もなかった。業者が調べることになったが、彼女《かのじょ》部屋から水漏《も》れの痕跡《こんせき》は見つからなかった。

「結局、水漏《も》れはわたしの部屋からではなかったんです。でも・・・・」

それから後も、いつも丁寧《ていねい》に掃除《そうじ》している排水溝《はいすいこう》の蓋《ふた》に、自分より長い黒髪《くろかみ》が数本絡《から》みついていたり、鏡《かがみ》には自分の顔に重なって、見覚えのないゆがんだ女性の顔が映《うつ》っていたりした。

こわくなった彼女《かのじょ》はアパートから引っ越《こ》し、今は実家に戻《もど》っているのだと言う。

「ところが、六月が近づくにつれて、職場や実家でも、変なことが起こるようになってきて・・・・」

実家の部屋や職場の廊下《ろうか》に、ずぶ濡《ぬ》れの足跡《あしあと》があったり、女子トイレの洗面台《せんめんだい》の蛇口《じゃぐち》がひとりでに開き、水が流れ続けていたり、そんなことがたびたび起きるんです」

箱根新道に入り、道が登りになってから、車内に雨上がりのようなにおいが満ちてきていた。

水のにおいは徐々《じょじょ》に強さを増《ま》していくようだ。

「全部、水に関連しているんですね」

ミサキが言った。

「ふふっ」

うつむいたまゆこの口から洩《も》れた声だ。ミサキはポケットに入れた数珠《じゅず》を握《にぎ》りしめた。

芦ノ湖には毒龍《どくりゅう》の伝説がある。暴《あば》れる龍《りゅう》をなだめるために、毎年、村の娘《むすめ》を生け贄《にえ》として、湖水に沈《しず》めていたそうだ。その後、毒龍《どくりゅう》は万巻上人《まんがんしょうにん》という僧によって鎮《しず》められた。それ以来、生け贄《にえ》として娘《むすめ》が犠牲《ぎせい》になることもなく、龍《りゅう》はやがて改心し、九頭竜神社の祭神として祀《まつ》られたと言う。

「だから、新宮でお祓《はら》いしてもらおうと思って」

「それで、大丈夫《だいじょうぶ》だよね」

従姉妹《いとこ》が不安そうに言った。

外は雨の気配もないのに、車内の湿度《しつど》はどんどん高くなってくる。まるで、土砂降《どしゃぶ》りの雨の中を歩いているような感じだ。

「くくっ」

と喉《のど》からしぼり出すような含《ふく》み笑いが、まゆこの口から聞こえる。

まるで無駄《むだ》だとあざ笑っているようだ。

「ミサキ。なんとか言って」

不安そうに従姉妹《いとこ》が問いかける。ミサキは考えていた。

箱根の町に入った。車窓《しゃそう》から左に見える湖面を眺《なが》める。まもなく箱根神社についてしまう。お祓《はら》いを受けるのは悪くない。けれど、まゆこがおとなしく受けるだろうか。

全身で抵抗《ていこう》されたら連れていけない。本人が望まないと断《ことわ》られることも考えられる。

湖に張《は》り出している箱根神社の赤い鳥居《とりい》が見えてきた。

そのとき、湖と山の間に富士の山頂《さんちょう》が見えた。細い雲がうねりながら空にある。

「あっ」ミサキがつぶやいた。

「わかった。箱根神社には行かない。九頭竜神社の本宮の方へ向かって」

まゆこは不気味に笑っている。

(本宮に行きたいのね。でもそうはさせない。そのまま静かにしていて。

必死に運転している従姉妹《いとこ》をだますようで悪いが、これしかない。)

本宮への道を半分くらい進んだろうか、ミサキが突然叫《とつぜんさけ》んだ。

「ここ左に入って。駒ヶ岳へ登るロープウェイに。急いで!」

駐車場《ちゅうしゃじょう》に車を止め、足早にロープウェイに駆《か》け込《こ》んだ。

心配していたが、まゆこはあっけにとられて、ついてきた。

もっともミサキが数珠《じゅず》を巻《ま》いた手で、しっかりと彼女《かのじょ》と腕《うで》を組んでいるせいもあったかもしれない。

七分ほどで山頂《さんちょう》駅に着いた。大きな木がなく、草原が山頂《さんちょう》にある神社まで続く。

木々の緑《みどり》が濃《こ》い湖畔《こはん》から考えると別世界のようだ。

霧《きり》は濃《こ》く風が強い。肌寒《はだざむ》さを感じる。霧《きり》は濃《こ》いが神社までは白い砂利《じゃり》道が参道のように続く、迷《まよ》うことはない。行く先は箱根神社の元宮。

「霧《きり》で、あたりが見えない」

従姉妹《いとこ》が言う。三人は手をつないで歩く。

「霧《きり》が濃《こ》いのは龍神《りゅうじん》が歓迎《かんげい》している印」

ミサキは言った。

「まゆこさんには何が見えますか？」

彼女《かのじょ》は首を振《ふ》った。

「何も見えない。冷たい。寒い」

目の前に石段《いしだん》があらわれた。元宮へ向かう階段《かいだん》だ。

階段《かいだん》は思ったより急で、三人は息をはずませて登った。

元宮の周囲は岩がごろごろしている。小さい祠《ほこら》も祠《ほこら》を守る狛犬《こまいぬ》も石だ。

少し開けた場所でミサキが言った。

「ここからそっと、後ろを振《ふ》り返ってみてください」

急に風向きが変わったのだろう。一瞬《いっしゅん》、霧《きり》が晴れ、湖と町が遥《はる》か下に広がった。

霧《きり》の中を歩いてきたせいなのか、まゆこの体には細かい霧《きり》のような何かが、煙《けむり》のようにまとわりついている。

「水で死んだのは、あなたじゃない」

ミサキが言う。

「放します」

数珠《じゅず》を巻《ま》いた手で印を結び、念《ねん》じながら強くまゆこの背中《せなか》を叩《たた》いた。

まゆこから、細かい煙《けむり》のような何かがパッと飛び散《ち》った。

飛び散《ち》ったものは、たちまち風に攫《さら》われ、遠く空の上に消えた。

「これで大丈夫《だいじょうぶ》」

「まゆこさんが見た。桟橋《さんばし》にいた霊《れい》を祓《はら》いました」

「それって何だったの？」

従姉妹《いとこ》が聞いた。

「やっぱり伝説の生け贄《にえ》？」

「昔、生け贄《にえ》とされた人は、ほとんどは浄化《じょうか》されています。亡《な》くなる間際《まぎわ》には、自分が生け贄《にえ》になることで、村や残された家族が無事に過《す》ごせるという思いで亡《な》くなったから。けれど、最後まで強い恨《うら》みが捨《す》てられずに、村人や家族を呪《のろ》って死んだ者もいます。その霊《れい》は、いまでも湖の底に縛《しば》られて、潜《しず》んでいる。

それは、長い時間をかけて、湖で入水《じゅすい》自殺した者の霊《れい》や生きている人が神社で願ったことが「叶《かな》わない恨《うら》み」を取り込《こ》んで強い力を持ったんだと思います。この場所は、昔は霊界《れいかい》への入り口とされていた場所だから、ここまで連れてくれば、あとは、龍神《りゅうじん》さまが散《ち》らしてくれると思ったんです。まゆこさんは、やさしい性格《せいかく》なんじゃないかな。桟橋《さんばし》からまゆこさんを見て、霊《れい》はたぶん嫉妬《しっと》したんですよ」

ミサキの言葉に、従姉妹《いとこ》はまゆこの顔をのぞき込《こ》んだ。

「大丈夫《だいじょうぶ》。ありがとう」

まゆこはほほえんだ。その瞳《ひとみ》の縁《ふち》から、霧《きり》なのか、涙《なみだ》なのか、水滴《すいてき》が落ちた。

◎箱根の龍神《りゅうじん》伝説

芦ノ湖がまだ万字の池と呼《よ》ばれていた奈良時代。池には毒龍《どくりゅう》が棲《す》んでいた。

暴《あば》れて周囲の人を苦しめた。万《まん》巻上人《がんしょうにん》は仏教の教えにより、毒龍《どくりゅう》を鎮《しず》め、湖水の逆《さか》さ杉《すぎ》に縛《しば》りつけたと言う。その毒龍《どくりゅう》が後に改心し、九頭竜神社に祀《まつ》られたといわれているが、縛《しば》られた毒龍《どくりゅう》と、九頭竜は違《ちが》うものだという説がある。

現在《げんざい》でも、人の代わりに赤飯等の供物《くもつ》を入れた櫃《ひつ》を湖水に鎮《しず》め、浮《う》いてこなければ龍《りゅう》が受け取った証《あかし》とする神事がおこなわれている。

九頭龍

仏教《ぶっきょう》で八大龍王《りゅうおう》と呼《よ》ばれる八名の龍族《りゅうぞく》の王の一人。

古代インドではナーガと呼《よ》ばれ、半分は人の体、半分は蛇《へび》であらわされていた。

現在《げんざい》知られている龍《りゅう》の姿《すがた》は中国、日本で考えられたもの。

奇数《きすう》を陽、偶数《ぐうすう》を陰《いん》と考える陰陽思想《おんみょうしそう》では、「九」は、陽の極《きわ》みを意味する。力が極《きわ》めて強いと考えられたことから、日本では九の頭を持つ龍王《りゅうおう》としてあらわされることが多い。山の連なる姿《すがた》や、大きな川が氾濫《はんらん》する様子を龍《りゅう》にたとえたと考えられる。

◎山岳信仰《さんがくしんこう》と神社

古くから、高い山は神と繋《つな》がる領域《りょういき》とされてきた。

人里近い場所に神社を建て里宮とし、簡単《かんたん》には行けないが、神と繋《つな》がる場所として、山頂《さんちょう》に奥宮《おくみや》（元宮、本宮）がある形式は全国の神社にある。

◎お参りの時間

神社の場合は特に、神の力が強いとされる午前中にお参りするのがよいと考えられている。

現代《げんだい》には電気があり、いつでも誰《だれ》でも簡単《かんたん》に明かりが灯《とも》せる。しかし、簡単《かんたん》で便利な明かりがない時代。特に時代が古くなればなるほど、人の活動時間帯は夜明けから日が沈《しず》むまでとされていた。

また、現代《げんだい》でも「たそがれどき」「かわたれどき」（あのひとは誰《だれ》。少し離《はな》れている人の顔がわからない暗さ。）の表現《ひょうじょう》があるように、顔の判別のつかない時間帯は、妖怪《ようかい》や幽霊《ゆうれい》が活躍《かつやく》をはじめるころと考えられていた。

神社が神の住まいである拝殿《はいでん》を設けるようになるまでは、山、巨石《きょせき》、川自体が神のいる場所であった。明かりのない状況《じょうきょう》では、神社は神が居《い》る場所である以上に、物の怪《け》が潜《ひそ》む、恐《おそ》ろしい場所だった。

その名残で現代《げんだい》でも、お参りはなるべく午前中と言われている。

神社で宮司《ぐうじ》さんがおこなう神事も午前中のことが多い。

しかし「初詣《はつもうで》」や、特別なお祭り（例：秩父の夜祭りなど）は、大丈夫《だいじょうぶ》です。ご安心ください。

消された場所

忌《い》み地
（処刑場跡《しょけいじょうあと》：飛血山、東福寺・死人坂）

のどかな初夏の陽射《ひざ》しが、ゴトゴト走る2両編成《へんせい》の電車に差し込《こ》んでいる。

他県に引っ越《こ》した友人の梨花《りか》から「どうしても会いにきてほしい」とメールが来た。

ミサキは連休を利用して、友人を訪《たず》ねることにした。終点の駅が待ち合わせ場所だ。

そこは江戸時代から続く産業で賑《にぎ》わった町で、今は都心から近い自然豊かな住宅地として開発が進められている。今日は町おこしイベントを開催《かいさい》しているらしい。

車内に広告《こうこく》が出ている。小さい車両の座席《ざせき》は、出かける人たちで埋《う》まっていた。

「駅の改札《かいさつ》はひとつしかないから、出たところで待ってるね」

友人からの返信のとおり、小さな終着駅の出口はひとつだった。

町おこしイベントのスタンプラリー受付があった。参加する人たちが大勢並《おおぜいなら》んでいる。

そんな中、友人は駅から出て来る人波の中に、ミサキを見失わないよう、真剣な目でジッと改札《かいさつ》口を見つめていた。少し痩《や》せたように見える。

「お待たせ」

ミサキが声をかける。

「ああ。来てくれた。ありがとう」

梨花《りか》はそういって、安心したように笑った。

再会を喜ぶ間もなく「聞いてほしい話があるの」と彼女《かのじょ》は話しはじめた。

梨花《りか》が引っ越《こ》したのは、古い町の側ではなく、新しく開発された住宅地だった。

駅と線路を挟《はさ》んで、古い町と新しくできた住宅地が、向かい合う形になっている。

新しい住宅地は駅の裏側《うらがわ》にあり、終着駅を見下ろす小高い岡から、ひとつ手前の駅まで、なだらかな坂をおりるように広がっていた。

駅の改札《かいさつ》から、新しい住宅地側に行くには、線路沿《ぞ》いを少し戻《もど》り、駅と線路をまたぐ「跨線橋《こせんきょう》」を渡らなくてはならない。駅から跨線橋《こせんきょう》を渡《わた》り、彼女《かのじょ》の家まで徒歩《とほ》で十五分くらいだと言う。

「この話は、学校からはじまったの」

と梨花《りか》が言った。

同じクラスの女子と話すうちに、彼女《かのじょ》の家に近い女子「恵《めぐみ》」と友だちになったそうだ。

部活動が違《ちが》うので、いっしょに通学することはなかったが、クラスでは仲がよかった。

ある日、偶然《ぐうぜん》、二人とも下校時間が同じになり、はじめていっしょに帰ることになった。

その帰り道「え？ここで降《お》りないの？」電車が終点の一つ前の駅に停まったとき、恵《めぐみ》が言った。彼女《かのじょ》はもう降《お》りる用意をしていた。

そのときは、「買い物があるのかな？」と思い、そのまま降《お》りたそうだ。

「定期あるから問題ないし。それに終点は、今も歩いてきたとおり、大きなお店がぜんぜんないの」

一つ前の駅には、駅前に大きなスーパーがある。

スーパーの中には、本屋や、ちょっとお洒落《しゃれ》な雑貨《ざっか》店もあった。

ところが、恵《めぐみ》は買い物をする訳でもなく、家の方角に歩いていく。

「待って、待って。買い物するんじゃないの？」

「ううん。買い物はしないよ。わたしはいつも、ここから歩いて帰るの。雨の日は遠回りで大変だけど、バスもあるし」

ここから彼女《かのじょ》の家まで歩くと、三〇分以上かかる。道も緩《ゆる》やかだけれど、上り坂だ。

「どうして、終点まで行かないの？　遠くない？」

梨花《りか》の問いに恵《めぐみ》が言った。

「知らなかったの？　あの道、幽霊《ゆうれい》が出るって噂《うわさ》があるの」

「どんな幽霊《ゆうれい》が出るの？」

「わたしも詳《くわ》しくは知らないけど、先輩《せんぱい》たちが言ってたよ。あそこはやばいって。肝《きも》試《だめ》しに行った先輩《せんぱい》の友だちが首のない幽霊《ゆうれい》に追いかけられたって」

「肝試《きもだめ》し？」

「うん、昔あのあたりって、立ち入り禁止《きんし》の森みたいのがあったんだって」

「でも、今は森ないよね」

「森の跡《あと》もやばいって言ってたよ。それにわたし、少し見える人なんだ。だからお守りはつけているけどね」

恵《めぐみ》はパワーストーンだというブレスレットを、揺《ゆ》らして見せた。

　その話を聞いた後も、梨花《りか》は通学路を変えなかった。理由は、家まで近いからと、恵《めぐみ》から聞いた「やばい森の跡《あと》」が、そんなにこわいとは思えなかったからだ。

　跨線橋《こせんきょう》を渡《わた》ると、工事用フェンスに囲まれて土が剥《む》き出しになっている造成中の区《く》画《かく》がある。その区画《くかく》は、大きさにすると一〇〇メートル×一五〇メートルくらい。

　その脇《わき》を通りすぎ、ほぼまっすぐな道を一〇分ほど歩けば、家に着く。

「森の跡《あと》って、ここかな？」内部の敷地《しきち》をのぞけないようにするためなのか、フェンスが造成地側の歩道を潰《つぶ》している。さらにその向こうに土が二メートルくらい盛《も》ってあり、その上にも金網《かなあみ》の柵《さく》がある。

　がらんとしたロータリーを横切り、造成地の反対側を歩く。街灯《がいとう》もあり、市の施設《しせつ》もある。確かに人通りは少なめだが、夜遅《おそ》くでなければ、今までも特にこわいと思ったことはなかった。

「店ができれば、もっと賑《にぎ》やかになるのに。寂《さび》しい道だからそんな噂《うわさ》が出るのかな」

　梨花《りか》は思った。

「恵《めぐみ》といっしょに帰るときは、おしゃべりする時間もあるし、楽しかったから、三〇分くらい歩いてもいいけど、一人で歩くなら近い方がいいし・・・・。彼女《かのじょ》といっしょのときだけ、一つ前の駅で降《お》りればいいと思ってたの」

やがて季節は晩秋《ばんしゅう》を迎《むか》え、日がすっかり短くなった。冷たい雨が歩道を濡《ぬ》らしていた。

その日、恵《めぐみ》と帰りの電車で会った。久しぶりにいっしょに帰ろう。意見が一致《いっち》した。いつも通り、ひとつ前の駅で降《お》りる。雨は小降《こぶ》りになっていた。出たばかりのバスを待つより、歩こう。そう決めて二人は歩き出した。緩《ゆる》やかな坂道を歩く。思っていたより寒い。手袋やマフラーには早い季節だが、傘《かさ》を持つ手が、痺《しび》れるように冷たいと感じた。

「寒いね」

「ねー」

二人とも口数が少なくなってきていた。「公園まだかな？」途中《とちゅう》にある公園は、もうすぐ家が近い目印だ。

数メートル先に見慣《な》れた公園が見えたとき。

ぼつ、ぼつ、ぼつ。傘《かさ》に当たる雨の音が強くなった。軽く衝撃《しょうげき》もある。

梨花《りか》は顔を上げた。「え？」雨が。赤い。点々と傘《かさ》に赤い色がにじむ。

「キャッ」

恵《めぐみ》が悲鳴《ひめい》をあげた。

「これなに？」

ザッと横なぐる雨の中に、得体《えたい》の知れない黒い塊《かたまり》がくるくる周《まわ》りながら、目の前の歩道に落ちた、ぐちゃ。

落ちた塊《かたまり》はマンホールの上で、くるりと回った。ごろり。

よく見ると黒い塊《かたまり》はぼさぼさの髪《かみ》が雨に打たれている首だった。

その首はゆっくりとした動きで、こちらを見上げていた。雨に混《ま》ざって鉄がサビたようなにおいがした。

梨花《りか》は思わず息をつめた。動けない。

「ぐうっ」恵《めぐみ》は傘《かさ》と腕《うで》の隙間《すきま》から、それを一目見た途端《とたん》、悲鳴《ひめい》をあげ、走り出していた。梨花《りか》は恵《めぐみ》の後を目で追った。恵《めぐみ》は傘《かさ》をムチャクチャにふり回しながら、少し先の道路に飛び出した。バンっ。激《はげ》しい急ブレーキの音と衝撃音《しょうげきおん》。

遠くから別の悲鳴《ひめい》が聞こえた。梨花《りか》は我《われ》に返った。「逃《に》げなければ」

「早く、恵《めぐみ》の様子を確かめなければ」スッと身体が軽くなった。

「今だ。首を見てはいけない」梨花《りか》は恵《めぐみ》の行く先だけを見て走った。


ここまで一気に話すと、梨花《りか》はため息をついた。

「幸い、恵《めぐみ》は助かった。雨で車のスピードも出ていなかったから」

恵《めぐみ》は骨折《こっせつ》と打撲《だぼく》で入院した。お見舞《みま》いに行ったけど、会ってもらえなかった。退院して、学校に来られるようになってからも、「事故《じこ》に遭《あ》ったのは、わたしのせいだって」

「やばい森の跡《あと》」を通って通学している子が、呪《のろ》いをまき散《ち》らしていると、クラス中に言いふらしたそうだ。梨花《りか》といっしょにいると呪《のろ》われる。みんなが恵《めぐみ》の言葉を信じているわけではないが、以前から先輩《せんぱい》たちの肝試《きもだめ》しの噂話《うわさ》を聞いている人からは、避《さ》けられているそうだ。

「ひどい」

ミサキがつぶやいた。ミサキの目の先には造成区画《くかく》があった。

「梨花《りか》のせいじゃないのにね」

ミサキの言葉に梨花《りか》が顔を上げた。

「ほんとにここは処刑場《しょけいじょう》だったの」

梨花《りか》は、幕末から明治のはじめのころまで処刑場《しょけいじょう》があったという記録を市の資料で見つけた。

「毎日近くを歩いていたから呪《のろ》われたのかもしれない」

ゾッとしてしまって、それ以上、調べることを止めてしまったそうだ。

「わたしもすこし調べてきたよ。梨花《りか》の家の方に来るのははじめてだから」

ミサキはあたりを見回した。梨花《りか》が話したとおり、ガランとした広いロータリーだ。

もっと多くの人が利用することを考えてつくられたものだろう。

跨線橋《こせんきょう》の上からも処刑場《しょけいじょう》跡の全容は見ることができない。盛《も》り土と雑草。周辺を覆《おお》うブルーシート。所々に石やコンクリートのような砕《くだ》けたものが散《ち》らばっている。

それも端《はし》の方が見えるだけだった。

「ここは行き止まり。霊《れい》を鎮《しず》めるにはよい場所だったと思う。でも、今はその力は感じない」

梨花《りか》は不思議な表情でミサキを見た。

「どうしてわかるの？　前の学校でも、何か不思議なことが起こると、ミサキに相談《そうだん》してみれば？って、誰《だれ》かが言ってたけど」

「どうしてかな？　よくわからないけど、困《こま》っている友だちは助けなくちゃね。それに」

ミサキの言葉を突風《とっぷう》がさえぎった。砂混《すなま》じりの突風《とっぷう》は造成地から吹《ふ》いてきたようだ。

金属《きんぞく》のにおいが鼻《はな》についた。

「あ。あれ」

梨花《りか》が指さす先に、黒い塊《かたまり》のようなものが、強い風の中に漂《ただよ》っていた。

「前に見た・・・・」

「ストップ！」

ミサキは梨花《りか》の言いかけた言葉を途中《とちゅう》で制した。同時にポケットから数枚《まい》の護符《ごふ》を出し、真言《しんごん》を唱《とな》えながら飛ばす。護符《ごふ》はまっすぐ風の方に吸《す》い込《こ》まれるように飛ぶと、黒い塊《かたまり》にからまり、やがて消えた。

ミサキが息を整えた。梨花《りか》もホッと息を吐《は》いた。

「消えた。あれは、く」

「言葉にしてはダメ。二度とあらわれないようには、今はできない。とりあえず、梨《り》花《か》にはこれをあげる」

ミサキは、梨花《りか》の手のひらに腕数珠《うでじゅず》を渡《わた》した。

「これで梨花《りか》は、もうこわいものは見なくなる。恵《めぐみ》さんの件は、どうしようもないけど、クラス全員が梨花《りか》を無視《むし》しているのでなければ、放っておいた方がいい」

「ありがとう。でも、意味がよくわからない。説明はして貰《もら》えないの？」

「説明はするよ。でも、ここではできない。あちらに戻《もど》ってから話そう」

ミサキは、来た道を戻《もど》りはじめた。梨花《りか》も後を追った。

古くから続く町に戻《もど》った二人は少し歩き、記念館になっている古い家のカフェに落ち着いた。昔はこのあたりの大地主の家だったそうだ。

「あの山一帯、昔はこの家のものだったんだって。これは調べた」

ミサキが言う。

「処刑場《しょけいじょう》だったのもほんとう。でも今までは噂《うわさ》はあったものの、特に大きな問題は起きていない」

処刑場《しょけいじょう》を持っていたほどの大地主が梨花《りか》には、なかなか想像《そうぞう》できない。

ミサキは続けた。

「問題は、梨花《りか》と恵《めぐみ》さんが見たようなモノが、なぜ今になってあらわれたのか。その理由は、今日あの場所に行ったらわかった。たぶん、あの場所には霊《れい》を供養《くよう》して鎮《しず》めるための何かがあった。それが今はなくなっている。だから何かのきっかけで、あんなモノが湧《わ》き出て来る」

「これからも？」

梨花《りか》が不安そうに言った。

「わたしにはできないけど、もう簡単《かんたん》にあらわれないように、何とかしてもらえるように頼《たの》んでみる。ちょっとごめんね」

ミサキはスマホを手にすると、梨花《りか》から少し離《はな》れた場所に行き、電話をしている。

しばらくしてミサキが戻《もど》ってきた。

「お待たせ」

「もう大丈夫《だいじょうぶ》なの？」

梨花《りか》の問いにミサキが頷《うなず》いた。

「うん。でも一カ月くらいはかかるみたい。幸い、この近くに境目《さかいめ》があるから、そのくらいで済《す》むんだって」

「境目《さかいめ》って何？」

「うーん。この世とあの世の境界《きょうかい》ってところかな」

「そんなのあるんだ」

梨花《りか》がつぶやいた。

「あると思えばあるし、ないと思えばないよ。梨花《りか》は、なぜ梨花《りか》と恵《めぐみ》さんがあんなモノを見たのだと思う？」

ミサキが逆《ぎゃく》に問いかける。

「え？　恵《めぐみ》は、自分で霊《れい》とか見えるタイプって言ってたけど、そのせい？」

「半分、正解《せいかい》。人は見たいと思ったものを見る。霊《れい》を見たいと思っていれば、霊《れい》を呼《よ》ぶことだってできるのかもしれない。たいていは霊《れい》の幻《まぼろし》をつくり出してしまうことの方が多いけれどね」

「でも、あれは・・・・。幻《まぼろし》じゃなかった」

と梨花《りか》はつぶやいた。

「幻《まぼろし》じゃなかったとわたしも思う。その場にいなかったから、繋《つな》がるきっかけが、何かはわからないけれど、偶然《ぐうぜん》が重なって二つの世界が繋《つな》がったんだと思う」

「じゃあミサキといっしょのときにあらわれたのはなぜ？」

「梨花《りか》の話を聞いて、場所の記憶《きおく》を重ねて繋《つな》げた。ここは古い記憶《きおく》がたくさんある町だから」

にこにこしているミサキを見て、梨花《りか》は安心した。

「そういえば、どこに電話をしていたの？」

「親戚《しんせき》のお寺。神社よりお寺かなと思って・・・・」

ミサキはお茶を飲み終わると言った。

「この町、新撰組《しんせんぐみ》関連の史跡《しせき》もあるんだよね。いっしょに回ってくれない？」

「いいよ」

梨花《りか》が笑った。

◎飛血山・消された処刑場《しょけいじょう》

飛血山は、幕末《ばくまつ》から明治のはじめごろまで、仕置き場（処刑場《しょけいじょう》）でした。

飛血山一帯を所有していたのは、現代《げんだい》でも記念の住宅が残されている富豪《ふごう》で大地主でもあり、産業を興《おこ》した秋元家とのことです。

当時の牢屋《ろうや》は、現在《げんざい》の市役所にあり、処刑《しょけい》と決まった罪人《ざいにん》は、牢《ろう》屋《や》から処刑場《しょけいじょう》まで二〇〇メートルほどを、引っ立てられ歩きました。途中《とちゅう》で逃《に》げようとすれば、その場で切り捨《す》てられたといいます。処《しょ》刑場《けいじょう》はうっそうとした木々が生い茂《しげ》り、昼なお暗い場所でした。仕置き場には、穴《あな》が掘《ほ》ってあり、罪《ざい》人《にん》を座《すわ》らせ首を切ったそうです。胴体《どうたい》は穴《あな》に投げ入れ、重罪《じゅうざい》人の首は、見せしめとして、山の下にある町の広い通り（今の広小路）や、浄蓮寺の前で晒《さら》されたそうです。当時は、無実の罪《つみ》で処刑《しょけい》されたものもいて、その首は、親族の手で晒《さら》し場から密《ひそ》かに盗《ぬす》みだされることがあったそうです。

そのころから祟《たた》りがあったかについて、詳細《しょうさい》はわかりませんが、仕置き場（処刑場《しょけいじょう》）だったこともあり、あたりの村人は絶対《ぜったい》に足を踏《ふ》み入れない場所だったそうです。山の上の処刑場《しょけいじょう》だったため、大雨が降《ふ》ると、晒《さら》されなかった首や、埋《う》められた胴体《どうたい》が、穴《あな》から流されて坂道に転がり出ることがあったという話が伝わっています。その後、明治中ごろ、東京の某氏《ぼうし》が買い取り、別荘《べっそう》地として整理する際《さい》、花畑をつくろうと掘《ほ》り起こすと、白骨《はっこつ》が木箱に十箱でも収《おさ》まりきれないくらい出たと言います。白骨《はっこつ》は一つの寺では納《おさ》めきれず、また何故《なぜ》か供《く》養《よう》を拒否《きょひ》する寺もあり、二か所の寺（東福寺、本行寺）に分かれて、納《おさ》められ供養《くよう》されたそうです。明治三十三年、県の監獄署《かんごくしょ》によって本行寺墓地《ぼち》の一角に「合葬之碑《がっそうのひ》」が建てられました。

大正時代には、飛血山仕置き場跡《あと》は、軍の射撃訓練《しゃげきくんれん》場となりました。立ち入れる人が限《かぎ》られていたため、公に怪談《かいだん》は伝わっていませんが、供養塔《くようとう》があった。雨の日には飛血山から人魂《ひとだま》が飛ぶ。空の薬莢《やっきょう》を拾《ひろ》うために敷地《しきち》に入り込《こ》んだ子どもが霊《れい》を見た、との噂《うわさ》があります。戦後はしばらく放置されていました。やがて、山裾《やますそ》から開発がはじまり、住宅地への開発が進んでいきます。そのころ、地名も飛血山から現在《げんざい》の名称《めいしょう》に変わったそうです。名称《めいしょう》が変わっても最後まで残った処刑場跡《しょけいじょうあと》は、立ち入り禁止《きんし》だったようです。近年、東京の某《ぼう》ＩＴ関連会社に買い取られましたが、周囲の斜面《しゃめん》にブロックを巡《めぐ》らし、茂《しげ》る木々はそのままだったそうです。入り口を閉《と》ざしていたため、中を垣間《かいま》見ることはできませんでした。会社所有とはいえ、車の出入りも少なく、社屋が建てられた様子もなかったため、何に使われているのか不明な場所は、この時代に、最も多く「心霊《しんれい》スポット飛血山」として取り上げられました。深夜に周辺を撮影《さつえい》するとオーブが写《うつ》る。侵入《しんにゅう》を試みると首のない男に追いかけられる等の噂《うわさ》がありました。所有していた会社はまもなく倒産《とうさん》し、その後、マンション建設《けんせつ》が計画され、造成がはじまったそうです。ブロックが取り払《はら》われ、造成がはじめられましたが、なぜか計画は中止され、現在《げんざい》はフェンスに囲まれたまま放置されています。

◎東福寺　死《し》人坂《びとさか》

東福寺本堂と千仏堂・墓地《ぼち》を結ぶ途中《とちゅう》にある坂。まっすぐな坂ではなく、途《と》中《ちゅう》で逆《ぎゃく》Ｌの字に曲がり六地蔵《じぞう》を経《へ》て、千仏堂・墓地《ぼち》に至《いた》る道。埋葬《まいそう》のために死体を運んだため命名されたというが、土葬《どそう》だった時代には、坂道で荷車が転倒《てんとう》し棺桶《かんおけ》から死体がころがり落ちた等の逸話《いつわ》がある。また、六地蔵《じぞう》前からの坂道は、あの世とこの世の境目《さかいめ》であり、死者が真夜中に歩く坂と噂《うわS》されている。特にお盆《ぼん》の時期には死者が徘徊《はいかい》するため、付近の住民は出歩かないとも。

樹海《じゅかい》

青木ヶ原樹海《じゅかい》

夏休みのある朝、「樹海《じゅかい》に行くと、命にかかわります」

そんなメールが届いた。送り主は、心当たりのないフリーメールからだった。

「もうすでに来てるんだけど」

ミサキはつぶやいた。ここは樹海《じゅかい》の中にあるといってもいい場所。

国道139号線から樹海《じゅかい》の中に入ったところにある民宿村だ。

朝の食事が終わり、準備《じゅんび》を済《す》ませたミサキを含《ふく》む四人は、これから樹海《じゅかい》に向かうところだった。

「参ったな」

樹海《じゅかい》へ出かける計画は、四人の他には、ごくわずかな人しか知らないはずなのに。

樹海《じゅかい》は空が木々で覆《おお》われているため、太陽の光が届《とど》く範囲《はんい》が狭《せま》い。

夏でも動ける時間が限《かぎ》られている。日が登ってから、遅《おそ》くとも午後四時くらいまでだ。

日が暮《く》れてからは、真っ暗闇《くらやみ》になる。恐怖《きょうふ》を体験したくてあえて夜に訪《おとず》れる人もいるようだが、無謀《むぼう》と言うしかない。

　樹海《じゅかい》の地面は富士山の噴火《ふんか》による溶岩《ようがん》で覆《おお》われている。長い年月をかけて、土が堆積《たいせき》し、木や苔《こけ》に覆《おお》われたが、木の根は固い溶岩《ようがん》を避《さ》けて地表を這《は》うため、ごつごつとした起伏《きふく》が多い。暗闇《くらやみ》の中、僅《わず》かなライトでは、歩くことも満足にできないだろう。だからミサキたち４人も、前夜は民宿に泊《と》まり、早朝から動く予定だった。


「どうしたの？」

　従姉妹《いとこ》の志織《しおり》が聞いた。

「うん」

　ミサキはメール画面を見せた。従姉妹《いとこ》の顔色が変わった。

「これって、もしかして画像《がぞう》の送り主から」

「そうかもしれないね」


　はじまりは、やはり一通のメールだった。数日前のことだ。

　メールのコピーを持って従姉妹《いとこ》が訪《たず》ねてきた。添付《てんぷ》された画像《がぞう》もコピーしてきたそうだ。画像《がぞう》には、深い森の中、一本の木に人形が逆《さか》さに釘《くぎ》ではりつけにされていた。

「お前たちを呪《のろ》ってやる」

メールは短いものだった。フリーメールアドレスから届《とど》いたそうだ。

「まゆこに来たメールなの。彼女《かのじょ》、とりあえず、警察《けいさつ》には相談《そうだん》したって。この前の龍《りゅう》神《じん》の件で、前よりは強くなったけど、思い当たることがないって・・・。こわがっている。この画像《がぞう》から何かわかる？」

ミサキは画像《がぞう》をじっくり眺《なが》めた。

「ここ樹海《じゅかい》ですね」

「樹海《じゅかい》。イヤな予感がするわ」

志織《しおり》が言った。

「まゆこ。学生時代、カヌー部のマネージャーだったの。夏は富士五湖で合宿したんだって。宿泊《しゅくはく》場所は樹海《じゅかい》の近くで・・・何か関係あるのかな？」

「画面を通してでもわかるくらい悪意に満ちている。できれば、この人形は早く回収《かいしゅう》した方がいいです。もしかしたら一つだけではなく、複数《ふくすう》の場所にあるかもしれない」

ミサキが続けた。

「画像《がぞう》の隅《すみ》に石碑《せきひ》ありますよね。富士山を巡《めぐ》る霊場《れいじょう》の道順を示す古い道標《みちしるべ》です。呪詛《じゅそ》かもしれない」

ミサキが言った。

志織《しおり》の行動は早かった。樹海《じゅかい》にいちばん近い民宿を予約《よやく》し、女性《じょせい》二人では危《あぶ》ないと、樹海《じゅかい》を歩いたことがあり、信頼《しんらい》できる学生時代の友人男性《だんせい》を見つけ、頼《たの》み込《こ》んでガイド役をお願いした。もう一人は『天狗《てんぐ》の子にお願いしよう』保臣《やすおみ》くんの家を訪《たず》ね、ご両親の了解《りょうかい》を得てきた。その手際のよさにミサキは驚《おどろ》く。

「まゆこさんは連れていかない方がいいと思う。憑《つ》くモノに出会うかもしれないし」

こうして、いま四人は樹海《じゅかい》にいる。

四人はまず、画像《がぞう》の場所を目指した。民宿村から最寄《もよ》りまでは志織《しおり》の車で移動《いどう》する。まゆこの友人で現地《げんち》をよく知るKにガイドを頼《たの》むことになった。Kから、旧道《きゅうどう》の道標として残されている石碑《せきひ》だと説明された。

「139号から西に四〇〇メートルほど入ったところですね」

裾野《すその》の湖から、風穴《ふうけつ》や氷穴《ひょうけつ》と呼《よ》ばれているところへの道標《みちしるべ》らしいが、全部で何個《こ》あるのかは、不明だそうだ。有名な石碑《せきひ》は五か所くらい。たぶんそのうちのひとつではないかと彼《かれ》は言った。樹海《じゅかい》に入る。ミサキは保臣《やすおみ》に水晶《すいしょう》のペンデュラム（振《ふ》り子）を渡《わた》した。

「ダウジングに使う振《ふ》り子。L字型のロッド（L字型の棒《ぼう》二本）もあるけれど、樹海《じゅかい》は木が多いからロッドより、振《ふ》り子の方がいいと思う。使い方は、昨日説明したよね。練習してみて」

銀の鎖《くさり》の先に円錐《えんすい》形にカットした水晶《すいしょう》が下がっている。保臣《やすおみ》が鎖《くさり》を握《にぎ》ると先の振《ふ》り子が動く。

「そんな感じでOK。足場が悪いところでは使わないで、転《ころ》ぶから」

「それなんですか？」

ガイド役のKが訪《たず》ねた。

「心霊《しんれい》コンパスです。探《さが》したいものを見つける。まあ、気休めですけど」

ミサキが答えた。

樹海《じゅかい》では、アナログな方位磁石《じしゃく》はぐるぐる回ってしまい、使えないという噂《うわさ》がある。

それは実は嘘《うそ》だ。磁力《じりょく》を帯《お》びた岩の近くでは影響《えいきょう》を受けるが、岩から離《はな》れれば普通《ふつう》に使うことができる。かえって、スマホのコンパスアプリや、地図アプリの方が同じ場所をぐるぐる回ってしまい使えないことが多い。電波の状態《じょうたい》は弱いところでは、GPSも頼《たよ》りにならない。正確な地図とアナログ磁石《じしゃく》、自分の来た道（方向）さえ、間違《まちが》えなければ、明るい間なら散策《さんさく》は安全だとKは言った。

話に聞いたとおり、地面は木の根で凸凹《でこぼこ》だ。

起伏《きふく》も多い、大きな起伏《きふく》を乗り越《こ》えたとき、ひょいと自分の位置を変えれば、似《に》たような森の中、どちらから来たのか、どちらを目指すのか、わからなくなる。

「あった」

志織《しおり》が言った。確《たし》かに画像《がぞう》と同じ人形が逆《さか》さに釘《くぎ》で打ちつけられていた。

慎重《しんちょう》にはずす。ミサキは準備《じゅんび》していた袋《ふくろ》に釘《くぎ》と人形を入れた。

「保臣《やすおみ》君、振《ふ》り子を使ってみて、次の石碑《せきひ》はどっち？」

振《ふ》り子の動きが大きく楕円《だえん》を描《えが》き、それから直線になった。

「あっちかな？」

保臣《やすおみ》が指さす。

「Kさん、次の石碑《せきひ》の方向はどっちですか？」

Kは、同じ方角を指した。

ふたつめの石碑《せきひ》に着く。人形はあるのか？　パッと見た感じでは見あたらない。

樹海《じゅかい》の中は色彩《しきさい》が限《かぎ》られている。緑《みどり》、茶、黒がほとんどだ。はじめに見つけた人形は、画像《がぞう》もあったし、赤い服だったから目立った。周囲を探《さが》すとしても、お互《たが》いが遠く離《はな》れ過《す》ぎてしまうと、はぐれる恐《おそ》れもある。

「振《ふ》り子はどう？」

ミサキが聞いた。

「うーん。なんかはっきりしません」

ミサキは不規則《ふきそく》に揺《ゆ》れる振《ふ》り子を見た。

「上だ」

見上げると木の枝《えだ》に人形が逆《さか》さにつるされていた。

何か細工《さいく》をしたのだろうか。人の死体に群がるように人形の周囲にハエが飛んでいた。

樹海《じゅかい》は国立公園だ。植物や石などを傷《きず》つけることはできない。注意しながら静かに二つめの人形を回収《かいしゅう》した。

「Kさん。樹海《じゅかい》でいちばん恐《おそ》ろしいのはなんですか？」

「え？」

次の石碑《せきひ》への道の途中《とちゅう》で、ミサキが質問した。

「鹿《しか》かな。熊《くま》もこわいね」

Kによると、とつぜん鹿《しか》が飛び出して来ることがあるそうだ。飛び出した鹿《しか》と衝突《しょうとつ》するのは、軽自動車にぶつかるようなものだと言う。当たりどころが悪ければ動けなくなる。一人で行動していた場合、そのまま遭難《そうなん》しかねない。

「僕《ぼく》は、熊《くま》は見かけたことはないけれど、なかまが糞《ふん》を見つけたって話を聞いたことがある」

「人に会ったら、どうですか？」

ミサキが尋《たず》ねた。

Kは少し考えているようだった。

「トレッキングやアウトドアの服装《ふくそう》だったら、こわくないね。スーツ姿《すがた》だったら、少しこわい。というか、関わり合いになりたくない感じ」

苦笑しながら答えた。三つめの石碑《せきひ》の周囲には人形はなかった。昼が近い。

「少し前から、誰《だれ》かに見られているような気がするのですが」

保臣《やすおみ》が言った。

「見られていると感じる方向を見ちゃだめだよ」

「天狗《てんぐ》に降《お》りてもらえばよかったですかね?」

保臣《やすおみ》がつぶやく。以前よりずっと天狗《てんぐ》と仲良くなっているらしい。

ミサキは反対した。

「ここは、領域《りょういき》が違《ちが》うから来て貰《もら》わないほうがいいと思う。わたしたちは富士山の神《しん》域《いき》に入っているから」

「神域《しんいき》なのに、自殺の名所なのか」保臣《やすおみ》が言った。

「ときどき、偶然《ぐうぜん》に死体がある場合があるけど、もし、見つけてしまったら、大変なんだ」

手続きがとても面倒《めんどう》なのだとKが説明してくれた。

「通報したら、その日計画していた行動が全部ダメになる」

だから、もし、見つけてしまった場合でも、見ないふりでそのままやり過《す》ごすこともあるのだと言った。

(やり過《す》ごしたつもりだった)ミサキの耳に小さい声が響《ひび》いた。ザワっと枝《えだ》が鳴った。

「お腹がすいた」

志織《しおり》が言う。

「歩けないかも」

ミサキは志織《しおり》にあめ玉を渡《わた》した。

「肩越《かたご》しに投げてください」

志織《しおり》があめ玉を投げると、かさかさと気配が動いた。

あめ玉に飛びついたようだ。

「うわあ」

保臣《やすおみ》が言った。

「はじめて見た。餓鬼《がき》ですか？」

「※ひだる神かな。それより少し急ぎましょう。なんかいろいろな気配が動きはじめてる」

※ひだる神
山道などで急に苦しくなり、冷や汗《あせ》が出て、体が動かくなるなどの現象《げんしょう》。

昔は、旅の途中《とちゅう》で亡《な》くなった者や餓鬼《がき》などが取り憑《つ》いたために起こるとされた。米粒《こめつぶ》や握《にぎ》り飯《めし》を、投げてやると離《はな》れるといわれていた。あめ玉も効果的《こうかてき》である。


少し開けた場所で昼食にした。食事の前にミサキは、小さな瓶《びん》を取り出した。

透明《とうめい》な液体《えきたい》を指につけ、滴《しずく》を周囲にはじき飛ばす。すっきりと甘《あま》いにおいが香《かお》る。

「日本酒だよ。わたしたちの食事の前に、まず山の神様に場所を借《か》りるお礼《れい》」

昼食が終わり、出発の前にミサキが聞いた。

「Kさん、志織《しおり》さんからこの依頼《いらい》が来たとき、どう思いました？」

「変な頼《たの》みだと思ったよ。でもまあ、変な頼《たの》みはまったくないわけじゃない。新種のキノコを見つけたいとか、江戸時代の巡礼《じゅんれい》路を見つけたいとか」

「人形はあと何体ありますか？」

ミサキの問いにKは突然瞳《とつぜんひとみ》に光をなくし、濁《にご》ったような目で見た。

ミサキは静かに続ける。

「Kさんの後ろにいる貴方《あなた》に聞いています」

木が揺《ゆ》れ、太陽の光を覆《おお》い隠《かく》す。黒い溶《と》けたような影《かげ》がKの後ろにあらわれた。

ブゥンブゥン。耳ざわりなハエの唸《うな》りが聞こえる。悪臭《あくしゅう》が鼻《はな》についた。

「ここは神域《しんいき》です。死人はおとなしく死者の世界へ帰りなさい」

「見つけてほしかったのに、気づいていながら立ち去った。許《ゆる》せない」

Kは白目を剥《む》いて揺《ゆ》れている。口からハエの唸《うな》りといっしょに、ざらついた声が漏《も》れた。

志織《しおり》は叫《さけ》び声をあげないように自分の口を押《お》さえた。保臣《やすおみ》はミサキと志織《しおり》をかばうように身構《みがま》えていた。

「なぜ、まゆこさんなの？　許《ゆる》せないならKさんだけを呪《のろ》えばいいでしょう」

サァっと風が渡《わた》り、光りがさした。光りがさすと影《かげ》は薄《うす》くなるようだ。

ゴホっ。Kは咳《せ》き込《こ》むとその場に両手をついた。

「憑《と》りつかれたのはわかっていたけど、どうしていいかわからず、無意識《むいしき》に・・・・」

完全には意識《いしき》が乗っ取られてはいない。

再び太陽が隠《かく》れる。ポトリ。Kの口からクリーム色の小さい粒《つぶ》が落ちた。ウジだ。

地面でうごめいている。ボトボトとウジは次々と地面に落ちた。

「この世を呪《のろ》っている。そして見て見ぬ振《ふ》りをしたこいつとこいつの友に呪《のろ》いをつなげる」

死者の声が地の底から響《ひび》くように聞こえた。

異様《いよう》な気配を感じて振《ふ》り返ると、志織《しおり》が中空を見つめて、薄《うす》ら笑いを浮《う》かべている。

(志織《しおり》さんも同調しはじめている。それにKの体は、もう保《も》たない)

ミサキはすばやく数珠《じゅず》を取り出し叫《さけ》んだ。

「保臣《やすおみ》くん、柏手《かしわで》を打って！　志織《しおり》さん！　しっかりして」

保臣《やすおみ》の柏手《かしわで》が森に響《ひび》く、柏手《かしわで》に応《こた》えるように、サワサワと木々がなびき、太陽の光が戻《もど》りはじめた。徐々《じょじょ》に影《かげ》が引いていく。

ミサキは真言《しんごん》を唱《とな》えながら、Kに近づく

「報《むく》われず悪鬼《あっき》と化しつつある魂《たましい》を清め・・・・急急如律令《きゅうきゅうにょりつりょう》」

Kは激《はげ》しく咳《せ》き込《こ》みながら顔をあげた。ミサキは無言で、Kの口に一枚《まい》の護符《ごふ》を押《お》し込《こ》んだ。Kの目が裏返《うらがえ》り、そのままドッと、仰向《あおむ》けに倒《たお》れた。ミサキは構《かま》わず、その上に塩をまいた。ひゅーひゅーとKの口から息がもれる。その間にも黒い影《かげ》がみるみる薄《うす》くなり、地面に染《し》み込《こ》むように消えた。リィイーン。リィイーン。リィイーン。

どこからか、涼《すず》しげな音が聞こえた。保臣《やすおみ》は柏手《かしわで》を止めた。

一筋《すじ》の光りが揺《ゆ》らいで静かに森の奥《おく》に向かって消えていく。ミサキたち三人は合掌《がっしょう》して、それを見送った。

Kが目覚《めざ》め、我《われ》に返ったのは、それから一時間後だった。

「すまない。人形はもうないよ。僕《ぼく》は仕掛《しか》けた記憶《きおく》があるのは二つだけだ。これから彼《かれ》を見つけた場所を警察《けいさつ》に知らせるよ」

警察《けいさつ》が到着《とうちゃく》するまでの間、Kはミサキたちに説明した。

あの日は一人で樹海《じゅかい》を探索《たんさく》していた。森の中で視線《しせん》を感じ、目をやると、少し先に立っている人影《ひとかげ》を見た。いつもは見過《みす》ごすのだが、その場所から歩き出し、少し離《はな》れても、じっと粘《ねば》つくような視線《しせん》を感じたのだと言う。つい気になって、引き返してしまった。想像《そうぞう》していたとおり、死者が横たわっていた。

しかし、夕暮《ゆうぐ》れも近づいていたので、そのまま立ち去ることにしたのだと言う。それからの記憶《きおく》は、飛び飛びになって、はっきりとしない。自分の意志《いし》で動いていると、誰《だれ》かに操《あやつ》られて行動しているようなときがあった。

しかし、それはガイドの依頼《いらい》にも役に立ち、植物などの貴重《きちょう》なものをあっさり見つけることができた。(神ガイド)と賞賛《しょうさん》されて、別の意識《いしき》が自分を乗っ取ることが便《べん》利《り》に思えてきたそうだ。人形を仕掛《しか》けたときには、一瞬《いっしゅん》、胸《むね》が苦しくなった気がしたが、命令されるままに動いてしまったと言う。

「本当に申し訳《わけ》ないことをしてしまった」

もう一度Kは深く謝罪《しゃざい》した。やがて数人の声が聞こえた。

「通報《つうほう》した方は、どなたですか」

警察《けいさつ》の到着《とうちゃく》とともに、みさきたち三人は樹海《じゅかい》を離《はな》れた。

◎青木ヶ原樹海《じゅかい》

富士の裾野《すその》に広がる原生林。国道１３９号線がその周囲を取り巻《ま》くように走っている。

樹海《じゅかい》は緑《みどり》生《お》い茂《しげ》る美しい森であり、散策《さんさく》のための遊歩道も整備《せいび》されている。

富士箱根伊豆国立公園に属《ぞく》している。

青木ヶ原樹海《じゅかい》には、いくつかの都市伝説がある。❶コンパス（方位磁石《じしゃく》）が効《き》かないため、迷《まよ》いやすい。❷足を踏《ふ》み入れると必ず死体を見る。❸人を襲《おそ》う野犬などの狂暴《きょうぼう》な動物がいる。❶から❸は、すべてまったく根拠《こんきょ》がないわけではないが、都市伝説であると言われる。

❶溶岩《ようがん》の中には磁力《じりょく》を持つ岩もあり、その近辺ではコンパスはずれるが、そこから離《はな》れれば問題ない。自衛隊の訓練《くんれん》に、地図とアナログな方位磁石《じしゃく》で樹海《じゅかい》を通り抜《ぬ》けるというものがあるが、誰《だれ》も迷子《まいご》になったことはない。

❷樹海《じゅかい》には死体がいっぱい。これはある小説や、小説がテレビドラマ化されたため、自殺の名所として有名になったという説がある。しかし、遊歩道からはずれ、一歩中に踏《ふ》み込《こ》むと、そこは人里から離《はな》れた静かな場所である。悩《なや》みを持つ者が訪《おとず》れることは多いと言う。樹海《じゅかい》が目の前に広がる場所に店を構《かま》える店主は、長年の経験《けいけん》から店の前を通る人で、スーツ姿《すがた》など似《に》つかわしくない人には必ず声を掛《か》けて引き留《と》めると言う。また、近年は観光客によるゴミの増加《ぞうか》や、不法投棄《ふほうとうき》が問題になっており、行方不明者の捜索《たんさく》とゴミ回収《かいしゅう》のため、定期的に警察《けいさつ》、消防などに加え地元住民もパトロールをしている。

❸人を襲《おそ》う野犬や野生動物がいる。野犬についての目撃情報《もくげきじょうほう》はない。しかし鹿《しか》、熊《くま》などが生息《せいそく》している森であり、遊歩道をはずれた場所ではそうした野生動物と遭遇《そうぐう》することはあるかもしれない。樹海《じゅかい》と地続きの富士山周囲の森には熊《くま》が生息《せいそく》している。「熊《くま》の生息地《せいそくち》、見つけても近寄《ちかよ》らない」の看板《かんばん》もある。

新しい都市伝説では、樹海《じゅかい》には殺人鬼《さつじんき》が巡回《じゅんかい》しており、自殺志願《しがん》で訪《おとず》れた人や、肝試《きもだめ》しに深夜訪《おとず》れた人を殺害《さつがい》したり、拉致《らち》して解体《かいたい》するというこわい噂《うわさ》があるそうだ。

いずれにしても、青木ヶ原樹海《じゅかい》は興味《きょうみ》本位で訪《おとず》れることは避《さ》けた方がよさそうである。

心《しん》霊《れい》トンネル

小坪トンネル・清滝トンネル・赤橋トンネルなど

まだ夏の暑《あつ》さが残る九月。新学期に入るとすぐに文化祭の準備《じゅんび》がはじまる。

放課後《ほうかご》の学校は、いつもより賑《にぎ》やかだった。

「あの人だよ。相談《そうだん》してみよう」ミサキが教室で文化祭に向けた作業をしていると、入り口から数人の下級生がこちらを見ていた。ミサキが顔を向けると、その内の一人が決心したように入ってきた。「こんにちは。1年3組の相田あおいと言います。度会《わたらい》ミサキさんですよね」

「こんにちは。そうだけど。何か用ですか?」相田と名乗った女の子は、声を潜《ひそ》めて言った。「友だちが心霊《しんれい》写真を撮《と》ってしまって・・・」ミサキといっしょに作業をしていた数人の女子が顔をあげた。(困《こま》ったな)ミサキは部活動で「歴史民俗《みんぞく》研究会」に所属《しょぞく》している。顧問《こもん》が少し変わった先生で、歴史の他にも言い伝えや妖怪《ようかい》なども研究の対象《たいしょう》にしてよいという方針《ほうしん》だった。そのため、生徒たちの間では陰《かげ》で「オカルト研究会」と呼《よ》ばれていた。ミサキが不思議な話好きということは、同じ学年の中では、知られていた。それは構《かま》わないけれど、実際《じっさい》に不思議な事件《じけん》を解決《かいけつ》していることは知られていない。(どうしよう。とにかく話を聞いてみようか)

ミサキは作業の手を止めずに言った。

「心霊《しんれい》写真を撮《と》ってから、どうなったの？」

あおいは口ごもった。

「ここで話さないとダメですか」

話しづらそうだった。

「じゃあ、作業が終わるまで待ってくれる。あと三〇分くらい。あまり遅《おそ》くならないようにするから、心霊《しんれい》写真を撮影《さつえい》した子とあおいさん。二人で校庭の花壇《かだん》ベンチで待っていてくれるかな」

ヒグラシの声が降《ふ》るように聞こえる。夕暮《ゆうぐ》れにはまだ間があるようだ。

ベンチにはミサキとの約束を守り、二人が待っていた。

あおいともう一人は陽菜《ひな》と名乗った。陽菜《ひな》が一枚《まい》の写真をミサキに渡《わた》した。

地元にある心霊《しんれい》スポットと噂《うわさ》されている小坪トンネルだ。ずっと昔、タレントが霊《れい》体験《たいけん》したことから、テレビでよく取り上げられていた。今でも夏になると他県ナンバーの車が肝試《きもだめ》しにやって来る。その心霊現象《しんれいげんしょう》とは、トンネルの真ん中で上から霊《れい》が降《ふ》って来る。トンネルの中でクラクションを鳴らすと霊《れい》が出る。何もなく通り過《す》ぎたが、後で見ると車のフロントガラスにびっしりと手形がついていた。そんな噂《うわさ》だった。

陽菜《ひな》の写真には、オーブと呼《よ》ばれている丸い点が白く、写真一面に散らばっていた。オーブを心霊《しんれい》写真と鑑定《かんてい》する人もいる。実際《じっさい》は目に見えない空気中のほこりや小さい虫である場合が多い。それにこの写真からは禍々《まがまが》しい雰囲気《ふんいき》は感じない。

ミサキは写真を陽菜《ひな》に返した。

「ごめん。わたしはこの写真からは何も感じない」

「ごめんなさい。見てほしいものは、本当は違《ちが》うんです」

「ごめんなさい」

あおいも謝《あやま》った。

「ミサキさんが、もしこれをこわい心霊《しんれい》写真だと言ったら、別の人に相談《そうだん》するつもりでした」

陽菜《ひな》はスマホを出した。

「わたしが夏休みに偶然《ぐうぜん》、撮《と》った動画です」

昼間の山道だ。手前に赤い橋があり、その先にトンネルがある。場所は京都の西北。川下りで有名な急流がある山の中だと言う。

「父の田舎《いなか》の近くです」

「下にきれいな川が流れています」

ところどころに陽菜《ひな》の声が録音《ろくおん》されていた。撮影《さつえい》に慣《な》れていないのか。スマホの画像《がぞう》は、不安定に動いている。赤い橋の欄干《らんかん》から下の川までは遠い。岩の間に、ザアザアと音をたてて流れる川面が写《うつ》った。モヤが画面の端《はし》を流れた。

「トンネルに入ります」

トンネルは八〇メートルくらいだろうか。向こう側の出口が小さく写《うつ》っている。サアアアア。微《かす》かに風の音がする。トンネルの向こう側。樹木《じゅもく》の影《かげ》が人の顔のように見えた。

「木霊《こだま》？」

ミサキがつぶやいた。緑《みどり》が豊かな山道では、ときどき感じることがある。木霊《こだま》は好《こう》奇心《きしん》が強く、たまに人に取り憑《つ》き、町までついて来るときがある。本来、邪悪《じゃあく》なものではない。騒《さわ》がしい町の空気に触《ふ》れると、また山に戻《もど》っていく。いま写《うつ》っているものにも邪悪《じゃあく》な印象《いんしょう》はない。

動画はトンネルの出口に近づいた。トンネルの中と外との温度差なのか、ときどき白い霧状《きりじょう》のモヤが画面をよぎる。トンネルの外に出ると、樹木《じゅもく》の中に写《うつ》る木霊《こだま》の顔が大きく歪《ゆが》み、レンズを睨《にら》むように消えた。まるで何かに脅《おび》えているようだ。

「出ました」

明るい陽菜《ひな》の声。ゆっくりと画像《がぞう》が回転する。反転し、トンネルの出口が写《うつ》った。なぜか写《うつ》るはずの入り口が写《うつ》っていない。白いモヤで覆《おお》われているようだ。が、それは一瞬《いっしゅん》で、モヤは壁《かべ》に消えた。

「え？そっちに行くの？」

陽菜《ひな》の声に被《かぶ》さるように、ざわざわと複数の声が聞こえた。何を言っているかは、わからない。

不気味な気配がある。ミサキは思った。

「いっしょに行った従兄弟《いとこ》の声だと思います」

陽菜《ひな》が説明した。

トンネルの左脇《わき》に細い土の道が写《うつ》る。トンネルの外を回り込《こ》むように下の川に向かっていたそうだ。

「細くて滑《すべ》りやすそうな道だったから、カメラは止めたつもりでした」

ゆらゆらとぶれた画像《がぞう》が続く。急に立ち止まったのか、画面が止まり、まだ鮮《あざ》やかな色を残した花束《はなたば》が写《うつ》った。レンズを指のような影《かげ》が覆《おお》った。ザザ。雑音《ざつおん》がして、画《が》像《ぞう》は終わった。ミサキは黙《だま》っている。木霊《こだま》は問題ではないとして、白いモヤが気になる。ザワザワした声。細道で偶然《ぐうぜん》に写《うつ》った花束《はなたば》。レンズを覆《おお》う指のような影《かげ》。

「花束《はなたば》が写《うつ》ったあと、レンズに触《さわ》った？」

ミサキが言った。

「いいえ。細道に入ってから、スマホはストラップで下げていました。ここで充電《じゅうでん》が切れたみたい」

陽菜《ひな》が続ける。

「細道は川に向かっておりていく道で、大きな岩がありました。岩の手前に花束《はなたば》があって・・・・。そこで従兄弟《いとこ》が言ったんです。実はここ、心霊《しんれい》スポットだって」

岩の上や橋から身を投げた人の霊《れい》が出るという噂《うわさ》の場所だそうだ。

「昼間に行けばこわくない」

と、お盆《ぼん》に帰ってきた陽菜《ひな》を誘《さそ》って、二人で来てみたそうだ。

「あとから聞いて、イヤな気持ちになりました」

「動画は従兄弟《いとこ》も見ましたが、(ブレブレやんか)と笑っただけです。そのときに消してしまえばよかった」

陽菜《ひな》は後悔《こうかい》するように言った。

「それから、何か変わったことが起きているのかな?」

ミサキが尋《たず》ねる。

何も起きていないのなら、動画を消して、お祓《はら》いを受ければ済《す》むだろう。偶然《ぐうぜん》に撮《さつ》影《えい》してしまったのだから。

「起きていません」

陽菜《ひな》が答えた。

「でも・・・」

あおいが続けた。

「うちのクラス、文化祭でお化け屋敷《やしき》をやるんです。先日、出し物の話し合いのとき、陽菜《ひな》が夏休みにだまされて心霊《しんれい》スポットにいったときの画像《がぞう》があるって言って」

陽菜《ひな》が申し訳《わけ》なさそうに言った。

「夏休み前の話し合いで、お化け屋敷《やしき》をやるのは決まっていたから、参考になればと思って消さなかった。そうしたら・・・」

クラスにパソコン画像《がぞう》の編集《へんしゅう》が得意《とくい》な生徒がいた。陽菜《ひな》の動画を自分のパソコンに送らせて、よりこわくなるように編集《へんしゅう》したそうだ。昨日、できあがった編集《へんしゅう》動画を見て、クラス中で大騒《さわ》ぎになったそうだ。

「本当にこわい」

見たくないという人と、「お化け屋敷《やしき》で使えば、絶対《ぜったい》に優勝《ゆうしょう》だと、張《は》り切る人にクラスが割《わ》れてしまった」と、あおいが言った。

「偶然《ぐうぜん》ではなくなったわけか」

ミサキが言った。

「陽菜《ひな》さんは二度と見たくない派《は》。あおいさんはすごいと思った派《は》なのかな？」

あおいが困《こま》ったように言った。

「すごいとは思いますが、やりすぎと思っている派《は》です。やりすぎと思っている人は他にもいるから、相談《そうだん》にきました」

あおいは自分のスマホでミサキに編集《へんしゅう》動画を見せた。Fから、送ってもらったそうだ。Fは思ったよりよい仕上がりに興奮《こうふん》していて、学園祭が終わったら、動画投稿《とうこう》サイトにアップすると話したそうだ。

陽菜《ひな》は本当に見たくないのか、目をそむけ、耳も覆《おお》った。

編集《へんしゅう》動画はよくできていた。はじめは明るい道だが、トンネルに入ると、不気味なうめき声とざわめきが、低い音で全編《ぜんぺん》に流れる。白いモヤがもっと濃《こ》くなっていて、人影《ひとかげ》のように見える。これはペイントソフトを使ったのだろう。影《かげ》の動きにつれて、不気味な音が大きく、小さく聞こえる。トンネルを出た。一瞬《いっしゅん》明るくなるが、ぐるりと反転するような動きで、うす暗い細道に入る。

「こっち」

小さい声が聞こえた。細道に入ると、元々の動画にあった道と違《ちが》う。別の場所を撮《さつ》影《えい》したのか。イヤな予感《よかん》がした。「こっち」声が導《みちび》く先に、花束《はなたば》が小さく見えた。

きぃーん。ミサキは耳鳴りを感じた。

「こわいっ！」

陽菜《ひな》が叫《さけ》んだ。降《ふ》るような蝉《せみ》の声が止まっている。

「あおいさん、止めて」

あおいが慌《あわ》てて停止《ていし》ボタンを押《お》す。

「あれ？」

何回も押《お》しているが止まらないようだ。ミサキはあおいの手からスマホを取りあげると。真言《しんごん》とともに停止《ていし》ボタンを押《お》した。蝉《せみ》の声が、再《ふたた》び聞こえはじめた。

「途中《とちゅう》で止めたけれど、あの先はどうなっているの？」

ミサキが聞いた。

「花束《はなたば》にズームインしていきます。画面いっぱいに花が写《うつ》ると笑い声が重なって、画面が真っ暗になります」

「うそ！」

陽菜《ひな》が言った。

「花から白い腕《うで》がこちらに伸《の》びてくる」

「編集《へんしゅう》動画はクラス全員見たのよね」

ミサキが聞いた。

「はい。クラス全員と先生で見ました。編集《へんしゅう》したFもときどき首をかしげていました。先生は、気持ち悪いけれどつくり物なら大丈夫《だいじょうぶ》だろう・・・って、でも、最終的に使うのは自分たちでよく話し合って決めるように、言われています」

「あおいさんには、陽菜《ひな》さんが見た腕《うで》は見えた？」

あおいが首を横に振《ふ》った。

「いいえ」

「陽菜《ひな》さん以外の二度と見たくない派《は》の人に、何が見えたのか、聞いてみたかしら」

「あと二人、仲のいい友だちには聞きました。そのうちの一人はミサキさんの教室にいっしょに行った子です」

「彼女《かのじょ》はなんて言っていたの？」

「よくわからないけど、すごく恐《おそ》ろしいものがこちらに向かって来るって、言いました。もう一人は真っ赤なシミが画面から外に広がって来るみたいと言っていました」

編集《へんしゅう》動画で、特に気になる部分がある。細い道。元の動画がぶれていたために、別の場所をはめ込《こ》んだものだと思う。曰《いわ》くつきの別の場所だろう。前の動画以上によくない気配を感じた。もう一つ。動画の終わりが見た人によってなぜ違《ちが》うのか？　集団《しゅうだん》心理で複数《ふくすう》の人に恐怖《きょうふ》が伝染《でんせん》したと考えても、具体的に覚えている三人の見たものが違《ちが》う。動画の終わり近くにミサキが感じた耳鳴りは、今までの経験《けいけん》から考えれば、霊《れい》の出現《しゅつげん》を告げることが多い。（どうしようかな）

文化祭ですでにクラスの出し物として決まっているものを中止させることはできない。

ミサキは困《こま》ってしまった。

「あおいさん。お化け屋敷《やしき》ではこの動画を、どうやって使うの？」

「ネタばれですけど、わたしはやりすぎだと思っているので、話します」

お化け屋敷《やしき》の最後に段《だん》ボールやベニヤ板などで区切《くぎ》って、二つの小部屋をつくるのだそうだ。

最初の小部屋は定員七人以下にする。そこでこの動画をエンドレスで流すそうだ。

次の小部屋は最終の仕掛《しか》けでもっと狭《せま》い。壁《かべ》を黒い布で覆《おお》い、部屋の隅《すみ》に花束《はなたば》を置く。

動画を見た人は一人ずつ、そこへ入っていき、花を一本とって出口と書いてある小窓《まど》から出す。そこではじめて外に出られるそうだ。だが、最後の部屋には脅《おど》かす役の生徒が隠《かく》れている。花に手を伸《の》ばした瞬間《しゅんかん》に、照明《しょうめい》を真っ暗にして、脅《おど》かすそうだ。

「よくない仕掛《しか》けね、確かに危《あぶ》ない」

ミサキが言った。あおいが頷《うなず》く。

くすくす。陽菜《ひな》が笑っていた。

「でも面白《おもしろ》いでしょう」

陽菜《ひな》の態度《たいど》が変わった。

「面白《おもしろ》くないよ」

ミサキが強い口調で言う。少し謎《なぞ》が解《と》けたような気がする。陽菜《ひな》が映《うつ》した動画は編《へん》集《しゅう》されたとき、別の場所から悪意を持つ何かが取り込《こ》まれている。

ミサキは陽菜《ひな》の背後《はいご》に回ると、ポーチから数珠《じゅず》を出した。真言《しんごん》を唱《とな》え、指で陽菜《ひな》の背《せ》をなぞる。パンと叩《たた》く。陽菜《ひな》はハッと息を吐《は》いた。

「わたし、何か言った？」

あおいはあっけにとられている。

「これで陽菜《ひな》さんは大丈夫《だいじょうぶ》。陽菜《ひな》さん。あなたの元動画は今すぐ消して」

陽菜《ひな》は慌《あわ》ててスマホを取り出すと、削除《さくじょ》の操作《そうさ》をした。

「あおいさん、動画を編集《へんしゅう》した人は、まだ教室にいる？」

「いると思います」

「行きましょう。動画を編集《へんしゅう》した人を教えてください。そこで、二人は帰ってもいいです。少し不思議なことが起こるかもしれないから」

三人は校舎《こうしゃ》に向かった。

「あ、あの子がFさんです」

校舎《こうしゃ》へ続く渡《わた》り廊下《ろうか》の向こうから来る男子生徒が、動画を編集《へんしゅう》したFだと、あおいが教えた。

「Fくん。こんにちは」

ミサキが先に声をかけた。Fは驚《おどろ》いたようだが、会釈《えしゃく》を返した。

「あなたの編集《へんしゅう》した動画でお願いがあってきました」

傾《かたむ》いた西日が廊下《ろうか》を赤く染《そ》めはじめている。ミサキは振《ふ》り向くと二人に言った。

「もう帰っていいよ」

二人は首を振《ふ》る。最後まで見届《とど》けたいと思っているようだ。

(仕方ないか)ミサキはFに問いかけた。

「Fくんはなぜ心霊《しんれい》スポットにトンネルが多いのか、知っていますか?」

Fは答えた。

「二つの場所を繋《つな》ぐことがあの世とこの世を繋《つな》ぐことに似《に》ている。類感呪術《るいかんじゅじゅつ》でしたっけ？　そんな理由でしょう」

「知っているなら、話は早いです。あなたが編集《へんしゅう》した動画は、二つの世界を繋《つな》げてしまう可能性《かのうせい》がある。だからもう一度編集《へんしゅう》し直してほしいの」

「どこでしょうか」

「貴方《あなた》が動画にはめ込《こ》んだ場所。あれは○浦《うら》の○○跡《あと》でしょう」

　ぴくりとFの表情が動いた。

「二つの世界の境界《きょうかい》なら、鎮魂《ちんこん》されている安全な境界《きょうかい》がいくつもある。そこでも不気味な効果《こうか》なら十分なはずです。なぜ、祟《たた》りの噂《うわさ》が囁《ささや》かれ、実際《じっさい》に不幸な事故《じこ》がいくつも起こった場所を選んだの？」

「子どものころから、祖父《そふ》や父にイヤになるほど聞かされたよ。あの場所に行ってはいけない。あの土地の祟《たた》りで我《わ》が家は酷《ひど》い目にあった。あそこの開発に手を出しさえしなければ・・・あの事故《じこ》さえ起こらなければ。でも行ってみれば、近くには普通《ふつう》にマンションも建っている。ただの中世遺構《いこう》じゃないか。しかも保存《ほぞん》といっても強化プラスチックを吹《ふ》きつけられたまがいものですよ」

Fの周囲に薄暗《うす》がりが広がりはじめた。蝉《せみ》の声はもう聞こえない。

「あなただって、学園祭で事故《じこ》が起こってほしくないでしょう」

「事故《じこ》が起これば、本物ってことですよ。面白《おもしろ》いじゃないですか」

Fの目が血走っている。正気じゃない。

「そう、それならあなたも、あなたをそそのかしたモノといっしょにあちらへ行くのね」

ミサキが決めつけた。

「二つの世界をつなげる場所。ここも同じ。『渡《わた》り廊下《ろうか》』。条件が揃《そろ》いはじめている」

Fは思わず、あたりを見回した。薄闇《うすやみ》の中からザワザワとした声が聞こえる。

「『逢魔《おうま》がとき』がもうすぐ来る。あなたは偶然《ぐうぜん》ではなく、自分の意志《いし》で、あちらの世界と繋《つな》がり、魔《ま》を招《まね》き寄《よ》せた」

ざわめきが少しずつ大きくなる。陰鬱《いんうつ》な響《ひび》きだ。ミサキは振《ふ》り向くと陽菜《ひな》とあおいに護符《ごふ》を渡《わた》した。

「口に含《ふく》んで、声を出さないで」

ふたりは頷《うなず》いた。陽菜《ひな》はもう目を閉《と》じていた。ミサキがFに告げる。

「あなたのつくったものが広がれば、災《わざわ》いに巻《ま》き込《こ》まれる人が出る。それを知っても、止めず、面白《おもしろ》いと言うなら、魔《ま》と同じなのよ」

「うわっ」

Fが叫《さけ》んだ。

Fの足もとから黒い影《かげ》が渦《うず》を巻《ま》きながら上がっていく。そしてFの体をすり抜《ぬ》けて、後ろへ流れていく。

「なんだよ、これ？」

ミサキは静かに答えた。

「あなたが招《まね》いたモノ。どうするかは、あなた次第《しだい》」

ずんと空気が重くなる。Fは肩越《かたご》しに後ろを振《ふ》り向いた。

「わああっ」

何本もの手が真っ暗な空間から伸《の》びて来る。

その途端《とたん》、Fは叫《さけ》び声をあげ、ミサキに走り寄《よ》った。

「消す、全部消します。助けて！」

Fは震《ふる》えながらカバンの中にあったノートパソコンを投げ出した。ミサキはFの襟《えり》元《もと》に素早《すばや》く護符《ごふ》を差《さ》し込《こ》む。生臭《なまぐさ》い風が吹《ふ》き荒《すさ》んだ。

ミサキは唇《くちびる》に指を当て、静かに不動明王真言《ふどうみょうおうしんごん》を唱《とな》え続けた。ゴオっと熱い一陣《いちじん》の風が吹《ふ》き、パチパチと火のはじける音がすると、やがて涼《すず》しい風が吹《ふ》いてきた。

「尊勝陀羅尼《そんしょうだらに》か～」

消えかかった空間からくぐもった声が聞こえた。

得体《えたい》のしれない何かが、渡《わた》り廊下《ろうか》の向こう側の裂《さ》け目に消えた。

「終わったよ」

ミサキが声をかけた。

陽菜《ひな》が目を開け、きょろきょろしている。何が起こったのか、わからないようだ。

あおいは口に含《ふく》んだ護符《ごふ》を手に乗せて眺《なが》めていた。滲《にじ》んで読めない。

Fは、少しぼうっとしていたが、投げ出したノートパソコンを拾《ひろ》いあげ電源を入れた。

「すみませんでした。あの動画すぐに消します。あれ？　初期化されてます。でも、本体が壊《こわ》れなくてよかった」

Fはミサキの顔とパソコンの画面を見比《くら》べて、苦笑《にがわら》いした。

◎心霊《しんれい》スポットと噂《うわさ》のあるトンネル

今回の舞台《ぶたい》：落合橋と赤橋トンネル

京都市右京区府道50号線沿《ぞ》いにある。

保津川下りの途中《とちゅう》にある急流が蛇行《だこう》する景色も美しい場所です。

しかし、景色の美しさに誘《さそ》われるかのように、橋や岩の上から身を投げるものも多く、献花《けんか》が絶《た》えないとの噂《うわさ》があり、霊《れい》の目撃談《もくげきだん》も多い。ある人はトンネルの出口付近で、見知らぬ女性《じょせい》に、こちらの景色が絶景《ぜっけい》ですよと声を掛《か》けられたそうです。案内された通り、トンネル左の脇《わき》道を川に降《お》りていくと、供《そな》えたばかりの花があり、振《ふ》り向くと女性《じょせい》の姿《すがた》が消えていたということがあったと聞いています。この道は自然歩道に繋《つな》がっており、声をかけられたときは、ハイキングに来た人と思い、不思議に思わなかったと話していました。京都では、清滝トンネル・老ノ坂トンネル（歩行者用）・東山トンネルも心霊現象《しんれいげんしょう》の噂《うわさ》があるトンネルです。

●**清滝トンネル**は、片側一車線の狭《せま》いトンネルで歩行者も通ります。そのため、信号機がついていますが、青のときは「霊《れい》が手招《てまね》きしているのでそのまま進んではいけない」という噂《うわさ》があるそうです。青のときは一度赤になるのを待ち、もう一度青になったら進むそうです。この信号は自動車・オートバイ用で、歩行者は信号に関係なく通行するので、車で通る人は注意が必要です。清滝トンネルは全長五〇〇メートル、途中《とちゅう》が坂道になっているため、出口が見えません。そのため恐怖《きょうふ》を感じるのだと言う人もいます。

●**老ノ坂トンネル**（歩行者用）はより短いトンネルですが、トンネルの上が墓《ぼ》地《ち》であり、近くに廃墟《はいきょ》や鬼《おに》の首を祭った神社もあるため、心霊《しんれい》スポットとして有名です。

●**東山トンネル**も長く、上に火葬場《かそうば》、墓地《ぼち》があるため、車の後を追いかける幽《ゆう》霊《れい》の目撃《もくげき》の噂《うわさ》があります。また歩行者用道路には、「ここにいます」「もうすぐ追いつきます」など、人をこわがらせる落書きがあり、これも霊《れい》が出る噂《うわさ》の原因《げんいん》の一つと言われています。

いずれも、すべて京都の中心から、離《はな》れた場所にあり、平安時代の墓所《ぼしょ》（当時は土葬《どそう》といっても、薄《うす》く土をかけた程度《ていど》だったそうです）であり、人の住むところから遠く離《はな》れた辺境《へんきょう》でした。辺境《へんきょう》はこの世とあの世の境目《さかいめ》と考えられていたことが、現代《げんだい》も噂《うわさ》として生きているのかもしれません。

関東で有名な心霊《しんれい》の噂《うわさ》があるトンネルは、小坪トンネル・旧吹上トンネル・小峰トンネルなどがあります。噂される心霊現象《しんれいげんしょう》は、各地の他のトンネルとほぼ同じです。やはり、二つの場所を繋《つな》ぐ役割《やくわり》から、霊《れい》との接点として考えられているようです。

命《ぬち》どぅ宝

長崎・沖縄

十月。沖縄では一年でいちばん気候《きこう》がよいときとされている。

ミサキたちを乗せた飛行機は無事に那覇空港《くうこう》に到着《とうちゃく》した。修学旅行なのだ。美らうみ水族館などの観光スポットも見学するが、大きな目的は戦跡《せんせき》を巡《めぐ》り、平和の尊《とうと》さを学ぶためだ。

宿泊《しゅくはく》は那覇市内だが、観光バスに分乗して、南部の戦跡《せんせき》を見学することになっていた。

その日、ミサキたちは、摩文仁の丘や（ガマ）を見学してホテルに戻《もど》ってきた。

「疲《つか》れたね」

「ほんと。疲《つか》れたね」

夕食も終わり、自由時間になった。

同室の友人たちと、レポートを書きながら、ミサキはくつろいでいた。

今日は本当に疲《つか》れた一日だった。戦跡巡《せんせきめぐ》りは心に堪《こた》えるなあ。

ミサキは犠牲《ぎせい》になった方たちの冥福《めいふく》を祈《いの》りながら歩いていた。

「とにかく無事に何ごともなく終わってよかった」そんなことを考えていた。

トントン。ドアがノックされた。消灯過《しょうとうす》ぎての見回りではない。まだ早い時間だ。

「誰《だれ》かな？」

友人がドアを開けた。

「ミサキちゃん、いる？」

カコが飛び込《こ》んできた。

「ちょっと、うちらの部屋に来て。結衣《ゆい》がまた変なの」

無事じゃなかったか・・・。

ミサキは、少しがっくりした。

結衣《ゆい》は、感受性《かんじゅせい》が強いのか、沖縄の前に訪《おとず》れた長崎でも不思議な体験《たいけん》をしていた。

長崎では、平和公園を見学後、戦争と原爆《げんばく》の体験談《たいけんだん》を、語り部から聞いた。

ミサキの隣《となり》に座《すわ》っていた結衣《ゆい》が、小さく震《ふる》えはじめた。

「大丈夫《だいじょうぶ》？」

ミサキは、そっと問いかけた。

結衣《ゆい》が首を横に振《ふ》った。

「語り部さんの隣《となり》。あれ何？　すごくこわい」

語り部の女性《じょせい》の隣《となり》に、うっすらとたたずむ人影《ひとかげ》が見える。

ミサキは目を凝《こ》らした。あれは、女性《じょせい》が語っている犠牲者《ぎせいしゃ》の生前の姿《すがた》だろう。まだ若《わか》い男性《だんせい》だ。たぶん語り部の犠牲者《ぎせいしゃ》を悼《いた》む思いが、つくり出すのかもしれない。見ようによれば、複数《ふくすう》ある照明《しょうめい》が交叉《こうさ》して、人影《ひとかげ》をつくり出しているとも見える。

「あれは、照明《しょうめい》の影《かげ》だよ」

ミサキは答えた。

「うそ。男の人の霊《れい》でしょう」

結衣《ゆい》の言葉が聞こえたのか。周囲が少しざわついた。

「霊《れい》だとしても、こわい霊《れい》じゃないよ」

ミサキの言葉に結衣《ゆい》はやっと納得《なっとく》したのだった。

今日の見学では違《ちが》うグループだった。また何かこわいものを見てしまったのだろうか、できるだけ、近くにいてあげればよかったかな、と思う。

「じゃあ、ちょっと様子を見にいくね」

ミサキが立ち上がった。

「この部屋はもうレポートやってるの？　早くない？　うちらの部屋は、みんなで集まって怪談《かいだん》とか話しているの。楽しいよ。よかったら他のみんなも来ない？」

ミサキが来てくれると決まったら、安心したのか、カコは元気に言った。

カコたちの部屋に行く。部屋の中で、十数人が輪になって、話しをしていた。

盛《も》り上がっている。ちょうど、誰《だれ》かの話が一段落《だんらく》したらしい。

「やだあ。ほんと？」

「こわっ」

など、笑いながら話していた。

人数が多いので、部屋の空気が少しよどんでいる。

結衣《ゆい》は、壁《かべ》にぴったりと背《せ》をつけて、膝《ひざ》を両手で抱《かか》え込《こ》んで座《すわ》っていた。顔色がよくない。ミサキは隣《となり》に座《すわ》った。

「結衣《ゆい》さん。どうしたの？」

ミサキが声をかけた。

「具合が悪いなら、先生のところへいっしょに行こう」

「行かない。みんなといる」

そう言うと、顔を伏《ふ》せた。本当に具合が悪いのか、それとも・・・。

ミサキはもう少し様子を見ることにした。昼間の結衣《ゆい》の様子も聞きたい。

「見学が終わって、バスに戻《もど》ってから、ずっとこんな感じ」

カコがミサキの隣《となり》に来た。

「戦跡巡《せんせきめぐ》りがショックだったのかな」

「何かあったの？」

「わたしもずっと見ていたわけじゃないから・・・・」

カコが言葉を濁《にご》した。

「うちらのグループ。割《わり》と悪のりするメンバーが多くてさ」

結衣《ゆい》がこわがっていた戦跡《せんせき》で、数人のメンバーがそこに何かが見えたような気がするとか、血まみれの女の子がいたとか、軍医の霊《れい》が見えた。今、すごく血なまぐさいにおいがしたとか、話してみんなでこわがって楽しんでいたらしい。

「それは・・・・。よくないよ」

「うん。だからみんな、反省《はんせい》してバスの中で結衣《ゆい》に謝《あやま》ったの。結衣《ゆい》も、わかってくれたんだけど」


「こわがるの、わかってて、また今も怪談《かいだん》なんだ」

ミサキがあきれたように言った。

結衣《ゆい》はミサキに小さい声で話しかけた。

「ねえ。こわい話をすると霊《れい》が寄《よ》って来るんでしょう」

ミサキは答えに詰《つ》まった。

「さっきから、ずっと苦しそうな唸《うな》り声が・・・・」「来ているな」

と思う。小さい子ども、血や泥《どろ》で汚《よご》れた衣服の女生徒。軍服姿《すがた》の霊《れい》もいる。乳児《にゅうじ》を抱《かか》えたぼろぼろの母親。でも、この霊《れい》たちは祓《はら》えない。

「結衣《ゆい》、ここは人が多くて空気が悪いから、少し外に出ない？」

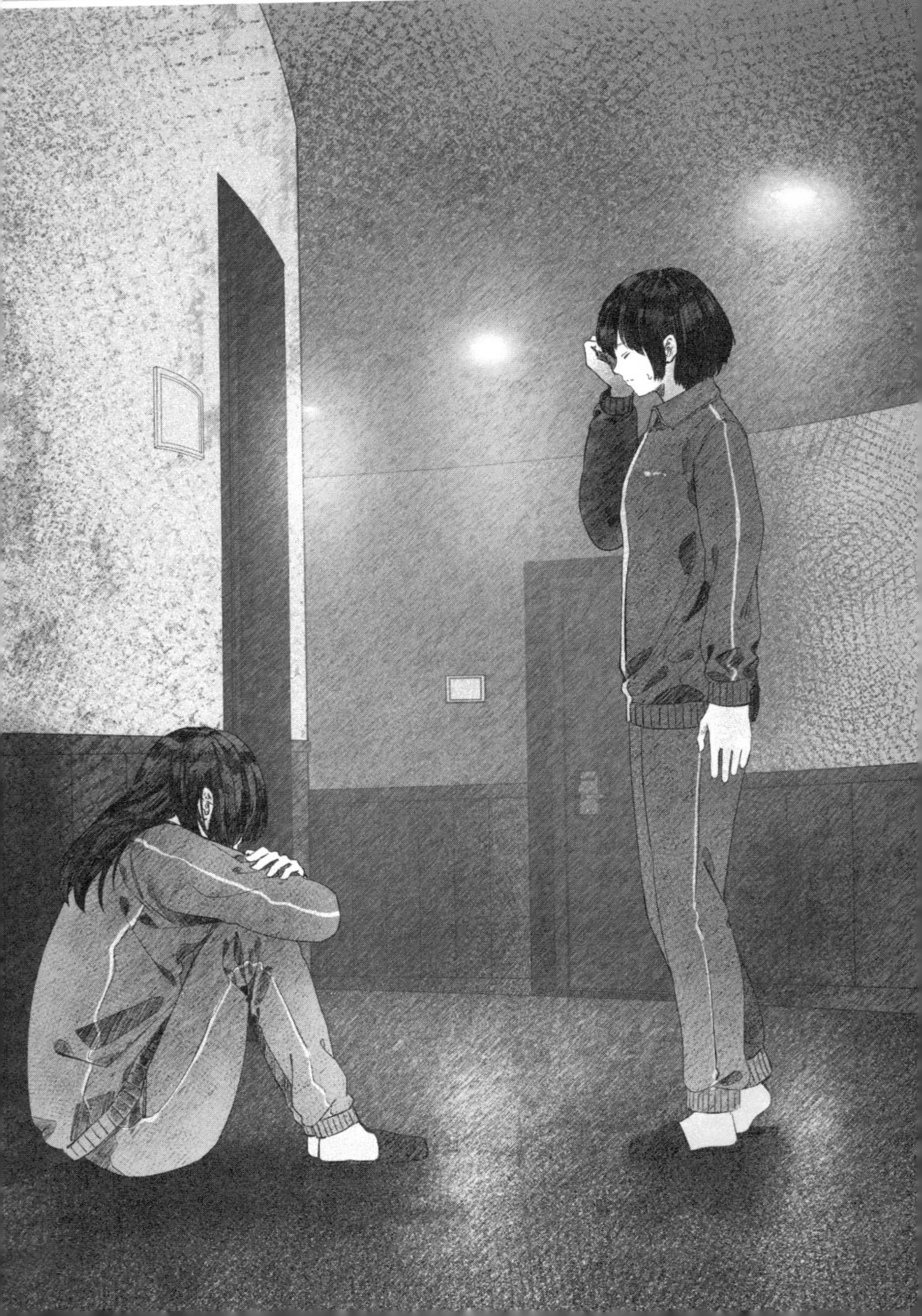

ミサキは話題を変えた。

「ガマの中で、誰《だれ》かに肩《かた》をぎゅっと握《にぎ》られたの。そのとき、吐《は》きそうになるくらいの悪臭《あくしゅう》がした。でも、明かりがついたとき、わたしの周《まわ》りには誰《だれ》もいなかった。」

カコが言った。

突然《とつぜん》だったので、ミサキも結衣《ゆい》もびっくりした。怪談《かいだん》を話していた子も話を止めた。

「結衣《ゆい》も、暗闇《くらやみ》で何かを感じなかった？」

「カコ！　あきれた！　あなたまでいっしょに脅《おど》かそうとしてるの？」

ミサキが強く言った。

「みんなは放っておいて、わたしたちの部屋へ行こう」

ミサキは結衣《ゆい》の腕《うで》をとり立ち上がろうとした。

「本当なの。聞いて」

カコがミサキに取りすがり、泣《な》きそうな声でいった。

「ガマの入り口に入った途端《とたん》に、すごく臭《くさ》くて、我慢《がまん》できなかった」

「やられた」ミサキは思った。結衣《ゆい》よりもカコの方が影響《えいきょう》を受けてしまっていたようだ。

「ミサキ、この部屋はもうきっと霊《れい》でいっぱいだから、動けないよ」

結衣《ゆい》が追い打ちをかけるようにつぶやいた。確《たし》かに空気が前よりよどんでいる。悪《あく》臭《しゅう》もしてきた。

邪悪《じゃあく》な霊《れい》は悪臭《あくしゅう》を発すると言うが、この場合は邪悪《じゃあく》だからではない。

今いる霊《れい》たちは、自分たちの無念《むねん》な思いを、伝えるために、体験《たいけん》した場所と同じ空間をつくり出している。悪臭《あくしゅう》の記憶《きおく》を残すことで、伝えようとしているのだ。

語り部と同じ。だから簡単《かんたん》には祓《はら》えない。

「そのうちにみんながふざけて、結衣《ゆい》をからかいはじめたら、今度はすごく悲しくなって」

カコの目から涙《なみだ》があふれた次の瞬間《しゅんかん》、突然《とつぜん》彼女《かのじょ》が叫《さけ》んだ。

「もっと生きたかった！」

カコの急変に、怪談《かいだん》に加わっていた人たちはザワザワとしはじめた。そっと部屋を出て行く人もいる。先生を呼《よ》びに行ったのかもしれない。

先生が来るまでにカコを落ち着かせなければ、とミサキは思った。

「ここにいる霊《れい》はこわい霊《れい》じゃないよ」

ミサキはポケットから小瓶《こびん》を出すと結衣《ゆい》に渡《わた》した。

「手のひらに少し取って、口に入れて」

結衣《ゆい》は小瓶《こびん》に入っている塩《しお》を出して舐《な》めた。

「気になる人は、結衣《ゆい》から塩《しお》を貰《もら》って舐《な》めて」

ばらばらと数人が集まった。ミサキは換気《かんき》のために窓《まど》に近づく。

「ダメだ」暑《あつ》さではない熱気がガラスから伝わって来る。窓《まど》の外が暗い。点々と赤く燃《も》えている。たぶんあれは現在《げんざい》の町の明かりではない。カコについた霊《れい》が最後に見た町の光景だ。沖縄には、昔から霊能力《れいのうりょく》が高い女性《じょせい》がいると言う。カコに憑《つ》いた霊《れい》も、そうだったのかもしれない。

塗香《ずこう》を手に取り、カコの額《ひたい》、両肩《りょうかた》、胸《むね》、喉《のど》に塗《ぬ》った。香木《こうぼく》の混《ま》じり合った清々《すがすが》しい香《かお》りが漂《ただよ》う。真言《しんごん》が沖縄の霊《れい》に効《き》くかは、わからないけれど、静かで美しい世界で安らかに暮《く》らしてほしい。そう祈《いの》り続けた。

さらさらと涼《すず》しい風が吹《ふ》き渡《わた》る気配がした。部屋によどんでいた空気が消えはじめている。カコは我《われ》に返ったようだ。ティッシュで鼻《はな》をかんでいる。

「ありがとう。ミサキ」

カコが言った。

「結衣《ゆい》、ごめんね」

「霊《れい》なんて、本当にいるの？　いるなら見たいかも」

誰《だれ》かがいった。

ミサキは両手の指を組んで顔の前にかざして見せた。

「こうして、隙間《すきま》からのぞいてみれば？　狐窓《きつねのまど》って言うの。見えるかもね」

「ひっ」

真似《まね》をしてのぞいた子の口から小さい悲鳴《ひめい》がもれた。

立ち去って行く霊《れい》の、後ろ姿《すがた》くらいは見えたかもしれない。

◎広島・長崎 原爆の犠牲《ぎせい》者の霊《れい》

広島。長崎には太平洋戦争末期に原子爆弾《ばくだん》が落とされました。多くの人が犠牲《ぎせい》となりました。広島市を流れる太田川、長崎のめがね橋付近は、美しい場所ですが、原《げん》爆《ばく》が投下《とうか》された日の深夜には、犠《ぎ》牲《せい》者の霊《れい》が今も水を求めて彷徨《さまよ》っているという噂《うわさ》があります。

ガマ（沖縄県）

ガマは沖縄本島南部に多く見られる自然洞窟《どうくつ》です。

大昔は、自然洞窟《どうくつ》をそのまま利用した墓所《ぼしょ》とされていました。死のケガレをこの世に持ち込《こ》まないために、入り口にふたをしたガマもあったそうです。

戦時中は、住民の避難所《ひなん》、日本軍の陣地《じんち》、野戦病院とした利用されました。

米国軍が上陸し、本島は激《はげ》しい戦いとなりました。戦闘《せんとう》が激《はげ》しくなるにつれ、ガマも安全な避難所《ひなん》ではなくなります。集団自決《しゅうだん》、乳児処分《にゅうじしょぶん》、重傷者《じゅうしょう》の毒殺《どくさつ》、日本兵を攻撃《こうげき》する米国軍によって、いっしょに住民が殺されることがあったそうです。

数は少ないですが、ガマの中には、避難《ひなん》していた住民全員が助かった場所もあるそうです。

沖縄本島を守るための戦いには、日本兵だけではなく、住民も動員されました。本来なら、徴兵《ちょうへい》、動員義務《ぎむ》のない十八歳《さい》以下の子どもたちが動員されました。ひめゆり学徒隊《がくとたい》・白梅学徒看護隊《かんごたい》（女子）、鉄血勤王隊《きんのうたい》（男子）などがあったそうです。大人と変わらない扱《あつか》いで、働き、その多くは戦場で亡《な》くなりました。

沖縄県民の四人に一人がこの戦いで亡《な》くなりました。

現在《げんざい》は、戦跡《せんせき》としていくつかのガマが公開されています。ガマは多くの人が命を落とした場所です。慰霊《いれい》の気持ちを持って訪《おとず》れる場所です。

ガマ荒《あ》らし

昔は、ガマで霊《れい》の姿《すがた》を見た、声を聞いたなどの心霊現象《しんれいげんしょう》の噂《うわさ》がささやかれていましたが、祟《たた》りの噂《うわさ》はありませんでした。

しかし、最近、ガマに供《そな》えられている慰霊《いれい》の品を破壊《はかい》したり、ガマから遺品《いひん》を持ち出す事件《じけん》が起きているそうです。慰霊《いれい》の千羽鶴《せんばづる》を焼《や》いた人が、交通事故《じこ》でやけどを負《お》った。遺品《いひん》を持ち出した人が病気になるなどの噂《うわさ》があります。

霊《れい》が招《まね》く河《か》原《わら》

神奈川県丹沢山系Ｋ川、Ｔ湖付近キャンプ場

木々の葉が、黄色や朱に染《そ》まり、深まる秋を静かに告げている早朝のことだった。

ミサキと保臣《やすおみ》、保臣《やすおみ》の友人Tの三人は、丹沢湖に近い、ある川の河原《かわら》にいた。

ここへは、保臣《やすおみ》の父が運転するワゴン車で来た。保臣《やすおみ》の父は、これから丹沢湖を自転車で周《まわ》り、夕暮《ゆうぐ》れ前には、迎《むか》えに来てくれるとのことだ。

Tは十月の休日に家族と、この場所を訪《おとず》れたそうだ。

そのときに、河原《かわら》で拾《ひろ》った石を家に持ち帰ってから、よくないことが続いているのだと言っていた。Tの家族は全部で五人、母方の祖父《そふ》、父、母、T、妹。

最初に元気だった祖父《そふ》が突然倒《とつぜんたお》れた。意識《いしき》は回復《かいふく》したが、原因《げんいん》不明の震《ふる》えが続き、精密検査《せいみつけんさ》を待っている状況《じょうきょう》だった。次に父が交通事故《じこ》に遭《あ》ってケガをした。

命にかかわるケガではなかったが、後頭部の重苦しさが今も続き、苦しんでいる。

父も検査《けんさ》の順番を待っているところだと言う。母はもともとあまり身体が丈夫《じょうぶ》な方ではなく、この事態《じたい》に夜ゆっくり眠《ねむ》ることができなくなっていた。そして夜明け前に、濁流《だくりゅう》に呑《の》み込《こ》まれる悪夢《あくむ》を見るらしい。

「助けて」

という母の叫《さけ》びが部屋まで聞こえることもあるとTが言った。

彼《かれ》も自転車で通学中に、車に衝突《しょうとつ》されそうになった。運転していたドライバーは、自転車を避《さ》けたつもりだったが、なぜか突然《とつぜん》に手足の感覚鈍《にぶ》り、避《さ》けきれなかったのだと言った。衝突《しょうとつ》は免《まぬが》れたが、Tは転倒《てんとう》して、打撲《だぼく》とねんざで学校を休んだ。

「妹には、まだ何も起きていないけれど、心配だから」

Tはこの事故《じこ》で壊《こわ》れた自転車を修理《しゅうり》に出したとき、保臣《やすおみ》に話し、保臣《やすおみ》はミサキに相《そう》談《だん》した。

石を河原《かわら》に返したいという友人の話を聞いて、三人でその場所を訪《おとず》れていた。

「ここの河原《かわら》で石を拾ったのね」

ミサキが聞いた。早朝なので他に人の気配はない。

「はい。そうです」

Tが答えて、丸い石を三つ取り出した。

二つには、猫《ねこ》やウサギのキャラクターが描《か》いてある。「可愛《かわい》いし、何となく形が似《に》ているから」と家に帰ってから妹が描《か》いたと言った。一つはそのままだった。

家族によくないことが起こりはじめてから、妹が石を拾《ひろ》ったことを祖父《そふ》が知ると、妹を怒鳴《どな》りつけたそうだ。

「一個がそのままなのは、祖父《そふ》が取り上げたからです。祖父《そふ》は温厚《おんこう》な人で、今まで怒《おこ》った顔を見たことなんかなかったんですが」

Tは困《こま》った顔で言った。ミサキは黙《だま》って石を見つめていた。

「ただ石を拾《ひろ》っただけなら、そんなひどいことにはならないはずだけど。何か他に思い当たることは、ありませんか」ミサキが問いかけた。

Tの話によると、その日は父の運転でT湖近くの温泉へ、日帰りで出かけた。朝から小雨が降《ふ》っていた。

紅葉《こうよう》を見ながら、ゆっくり観光を楽しむ予定だったが、あいにくの雨。Tはお目当てのレンタサイクルに乗れず、妹もあまり楽しそうではなかったと言う。

昼食を済《す》ませたが、小雨はまだ降《ふ》り続いていた。人出も休日の割《わり》に少なく、なんとなく寂《さび》しかった。

「帰りましょうか」

母の提案《ていあん》で、少し早いが帰ることにした。

日没《にちぼつ》まではまだ時間があった。帰り支度《したく》をして車に乗ったら、雨が止んだと言う。つまらなそうに窓《まど》から景色を眺《なが》めていた妹が叫《さけ》んだ。

「水遊びしている人たちがいるよ」

通りすぎた後を振《ふ》り向いてみた。

大小の人影《ひとかげ》が河原《かわら》に集まっているように見えたが、Tには、妹が言うように水遊びしているとまで、はっきりとは見えなかった。

「少しだけ、川で遊びたい。ねえ、ねえ、お母さん。いいでしょう」

何度もねだる妹に負けて、父が河原《かわら》に降《お》りられる路肩《ろかた》に、車を止めた。

父と母は仕方ない。という感じだったが、祖父《そふ》はなぜか機嫌《きげん》が悪かった。

ドアを開けると妹が河原《かわら》に駆《か》け下りていった。父と母も、急いでその後を追った。

Tが降《お》りようとすると、祖父《そふ》が言った。

「覚えていないか？　たしかこのあたりの川でおぼれた家族連れがいたろう。ニュースにもなったはずだが」

祖父《そふ》はたぶん、そのニュースを思い出し、こんな季節に川遊びをしている人たちを変だと言っているのだろう。

Tも、河原《かわら》に降《お》りてみた。河原《かわら》には、誰《だれ》もいなかった。

さっき、妹が人影《ひとかげ》を見た河原《かわら》から、そう遠く離《はな》れていない。水遊びをしているなら、声くらい聞こえてもいいはずだが、空気はシンと静まりかえっていた。

川のこちら側に道路はあるが、向こう岸に道はなく、切り立った崖《がけ》になっている。

あの人たちの車はどこに止めてあるのだろうと思った。温泉を出てから、ここに来るまで、路肩《ろかた》に停《と》まっていた車があっただろうか。

妹は川の流れに近づいて、手を水に浸《ひた》している。

落ちると危《あぶ》ないので、母が傍《そば》についていた。父は、運転で疲《つか》れた腰《こし》を伸《の》ばしている。

Tは何気なく、上流をみた。何かが動いたような気がしたからだ。

Tが、確かめようと二、三歩、足を踏《ふ》み出すより前に、妹が上流に向かって、急に走り出した。母が慌《あわ》てて後を追った。Tもすぐに妹を追いかけて、捕《つか》まえた。

「危《あぶ》ないじゃないか」

Tが言った。

「だってあっちで、お友だちが呼《よ》んでいたから」

Tが見ると、確《たし》かに上流で誰《だれ》かが手を振《ふ》っているように見えた。逆光《ぎゃっこう》で顔は見えない。妹がお友だちと呼《よ》ぶような子どもの大きさではない。それは大人の影《かげ》だった。

ふぅぅぅう。高い音が小さく聞こえた。風がうなるのだろう。

「子どもじゃないよ。あれは大人《おとな》だ。用があるならお父さんが行くよ」

「大人《おとな》じゃないよ。子どもだよ」

妹はその場に座《すわ》りこんだ。

三つの石はそのときに拾《ひろ》ったようだ。

追いついた父が妹をなだめた。

「向こうで誰《だれ》かが手を振《ふ》っていて」

Tが言った。

父は、数メートル先を見にいったが、すぐに引き返してきた。

「誰《だれ》もいないよ。もう帰ろう」

それからすぐに僕《ぼく》たちは車に戻《もど》りました。Tの話が終わる。

保臣《やすおみ》は耳をすませた。微《かす》かに音がしている。

ふうぅぅぅぅぅ。「これ放水サイレンの音だ」

保臣《やすおみ》が言った。

この川の上流は曲がりくねった渓谷《けいこく》になっている。その途中《とちゅう》には、ダムがある。台風や大雨などで、ダムが満水になる前に、下の湖に溜《た》まった水を流す。放水するときには、川は濁流《だくりゅう》となる。川の近くから人を遠ざけるために、サイレンが鳴る。放水のサイレンなら、もっと大きく鳴るはずだ。今聞こえる音は、風の音と間違《まちが》えそうなくらいに小さい。

「あのときも聞こえたような気がします」

Tが言った。

「風の音だと思っていました」

ここ数日、このあたりに雨は降《ふ》っていない。「本物のサイレンではない。幻聴《げんちょう》なのか?」

三人はTが人影《ひとかげ》を見たという場所に向かった。

「子どもがいますね」

保臣《やすおみ》がつぶやいた。確《たし》かに、川の中州《なかす》に小学生くらいの子どもが一人。こちらに背《せ》を向け、しゃがみ込《こ》んでいた。水遊びをしているようだ。

「気をつけろ!」

保臣《やすおみ》に降《お》りた天狗《てんぐ》が言った。

「死霊《しりょう》じゃ」

子どもは楽しそうに、身体を左右に揺《ゆ》らしながら、一人で遊んでいる。揺《ゆ》れるたびに、ぐっと押《お》されるような感じがする。気温が下がった。

「本当にこの子が原因《げんいん》なのか? それにしては・・・」ミサキは考えた。

「押《お》される圧力《あつりょく》が強すぎる」揺《ゆ》れるたびに、子どもはぶくぶく脹《ふく》れはじめた。

「うっ」

Tが口を押《お》さえた。寒さとともに、あたりになんとも言えないにおいが漂《ただよ》ってきた。

ミサキは急いでTに護符《ごふ》を渡《わた》し、

「結界《けっかい》を」

と、保臣《やすおみ》に告げた。

保臣《やすおみ》はすでに印を結び、身構《みがま》えている。

「遊ぼうよ」

子どもの口から、複数《ふくすう》の歪《ゆが》んだ声がもれる。

子どもに見えたものは、今は大きく膨《ふく》らんだでこぼこの塊《かたまり》になっていた。

塊《かたまり》のところどころに、複数《ふくすう》の人の顔、手、足のようなものがうごめいている。

「集合霊《れい》だ。たくさんの死霊《しりょう》が集まっている。子どもの霊《れい》をおとりにしているのか」

死霊《しりょう》の塊《かたまり》はじりじりとこちらに近づいて来る。生臭《なまぐさ》いにおいが、吹《ふ》きつけてきた。

ビュッ。死霊《しりょう》が何かを放った。ミサキは護符《ごふ》で打ち落とす。

護符《ごふ》は真っ黒になり、河原《かわら》に散《ち》った。保臣《やすおみ》は礫《つぶて》を放ったが、それは、ずぶずぶと死《し》霊《りょう》の塊《かたまり》に飲み込《こ》まれた。真言《しんごん》と印で結界《けっかい》を結んでいるが、ミサキは今まで、これだけ大きい霊《れい》の塊《かたまり》を浄化《じょうか》させた経験《けいけん》がない。

「どうしよう」ミサキの手にある数珠《じゅず》は、祓《はら》った霊《れい》の力を浄化《じょうか》していくことで力が強くなる。かなり力は強くなっているはず。数珠《じゅず》に念《ねん》を籠《こ》めれば、浄化《じょうか》できるかもしれないけど・・・・ミサキは焦《あせ》った。

「地蔵菩薩《じぞうぼさつ》の力を借《か》りるのだ」

天狗《てんぐ》の声で保臣《やすおみ》が告げた。

「そうだ、忘れていた」ミサキは叫《さけ》んだ。

「Tくん。石をわたしに！」

ミサキはTの手から石を受け取る。

念《ねん》を籠《こ》め、指で石に梵字《ぼんじ》（地蔵菩薩《じぞうぼさつ》の種字）を描《か》く。

「保臣《やすおみ》くん、これを礫《つぶて》にして」

ミサキは石を保臣《やすおみ》に渡《わた》し、真言《しんごん》を唱《とな》えた。ひゅっ。礫《つぶて》が放たれた。

礫《つぶて》は死霊《しりょう》に当たると、光りを放った。一つ、二つ、当たるたびに、光りが死霊《しりょう》を包《つつ》み込《こ》んでいく。三つ目の礫《つぶて》が当たったとき、光りは完全に死霊《しりょう》を包《つつ》んだ。光りは死霊《しりょう》を包《つつ》み込《こ》み、ゆっくり河原《かわら》に染《し》み込《こ》むように消えていく。

「かわいい絵ありがとう」子どもの声が微《かす》かに聞こえた。

それが合図《あいず》だったかのように、あたりの空気が澄《す》み、清々《すがすが》しい流れの音が戻《もど》ってきた。

「消えた」

三人はその場で手を合わせた。

「絵を描《か》いてあげて、よかったんですね」

Tはそう言って、深く息を吸《す》い込《こ》んだ。

◎川の怪談《かいだん》

●那須の板室から深山ダム経由《けいゆ》で会津田島に抜《ぬ》ける川沿《ぞ》いの道を夜、車で走っていたときのことです。深山ダムの橋を渡《わた》る道を渡《わた》り終えたところで、女性《じょせい》が道ばたに、しゃがみ込《こ》んでいるのが見えました。危《あぶ》ないので、車を止めて中から様子を見ると、おいでおいでと手招《てまね》きをしていたそうです。ダムなので、人家もない場所です。

明かりも少ないのに、その女《じょ》性《せい》はぼうっと光るように闇《やみ》に浮《う》かんでいました。こわくなって、急いでその場を立ち去ったそうです。

●山歩きの前泊《ぜんぱく》で、水辺《みずべ》のキャンプ場に夜十時過《す》ぎに着いたときのことです。遅《おそ》い時間にも関わらず家族連れがたき火を囲んで団《だん》らんしていました。自分たちは夜明けに出発するため、すぐにテントを張《は》り、眠《ねむ》ってしまいました。翌《よく》朝、夜明け前に起きたところ。家族連れのいた場所には誰《だれ》もおらず、たき火跡《あと》さえありません。

後で、そのキャンプ場の噂《うわさ》を聞いたところ。家族でキャンプにきて、翌《よく》日川で亡《な》くなった家族連れがいたとのことです。そのキャンプ場では、川の方向にテントの入り口を向けて張《は》ると、夜中に誰《だれ》かが入り口を開けようとするという噂《うわさ》もあります。

◎本当はこわい川遊び

※今までに大きな水難事故《すいなんじこ》にあった場所

K川（神奈川県丹沢山系）

台風による増水《ぞうすい》で流され十三人が亡《な》くなっています。

宮崎県都城市S川、長良川M橋付近

水遊びに来た子どもが亡《な》くなっています。

那珂川水系A川ANキャンプ場

一日に二件の水難事故《すいなんじこ》が起こりました。

その他にも全国の川で、毎年事故《じこ》が起こっています。

※川遊びの注意点

クロックスやサンダルではなく、ウォーターシューズや脱《ぬ》げにくい運動靴《ぐつ》で遊ぶこと。川での「ヒヤリハット」の上位三位は、「滑《すべ》る」、「流される」、「足をすくわれ、落ちる」です。水難事故《すいなんじこ》の80％が河川で起こっています。また、死亡率《しぼうりつ》も行方不明《ゆくえふめい》を含《ふく》めると56％と大変高いです。

◎絶対《ぜったい》に遊んではダメな場所

▼堰堤《えんてい》

流れの中にある小さな堤防《ていぼう》。堰堤《えんてい》の下側では、ドラム式洗濯機《せんたくき》の渦《うず》のようなリサーキュレーション（循環流《じゅんかんりゅう》）が発生しています。はまると脱出《だっしゅつ》が困難《こんなん》です。

▼中州《なかす》

増水《ぞうすい》したとき逃《に》げ場がなくなる水難事故《すいなんじこ》多発地点。上流で大雨が降《ふ》ればすぐに増水《ぞうすい》します。ダムがあれば放水がある可能性《かのうせい》もあります。水が濁《にご》る、大量の落ち葉が流れて来るときには上流で大雨が降《ふ》っているかもしれません。すぐに避難《ひなん》しましょう。川遊びには、中州《なかす》を休憩《きゅうけい》場にしたくなりがちですが、とても危険《きけん》です。特に、キャンプでテントを張《は》るのは絶対《ぜったい》にダメです。

▼**橋脚《きょうきゃく》付近**

流れが複雑《ふくざつ》で突然《とつぜん》深くなっている場所があります。また、流木、ゴミなどでケガをする危険《きけん》があります。

▼**取水口**

川には発電用、農業用などのさまざまな取水口があります。水を吸《す》い込《こ》む力が強いため、ライフジャケットを着ていても命にかかわる危険《きけん》があります。

▼**その他**

ダムのサイレンは、放水の合図《あいず》です。聞こえたら、すぐに河原《かわら》から避難《ひなん》しましょう。

◎**健康状態《じょうたい》に注意**

▼**脱水《だっすい》**

身体が濡《ぬ》れているため、たくさん汗《あせ》をかいてもわからない。

▼**低体温症《ていたいおんしょう》**

手足を水に浸《ひた》していると体は意外に冷えています。

ミステリースポット……解説

◎言霊《ことだま》

声に出した言葉には力があり、現実《げんじつ》の出来事に何らかの影響《えいきょう》を与《あた》えるとする考え方です。日本では古くからよい言葉を発するとよいことが起こり、不吉《ふきつ》な言葉を発すると凶事《きょうじ》が起こると信じられていました。（万葉集には「言霊《ことだま》の幸ふ国（さきわうくに）」という表現《ひょうげん》があります。）たとえば、現代《げんだい》でも不安を感じるような言葉を投げかけられると、本当に少し不安な気持ちになってしまうことはありませんか？

言葉は口に出した人より、受け取った人の気持ちに長い間残るものです。気をつけて使うという戒《いまし》めからも「言霊《ことだま》」を見直してもよいかもしれません。

現在《げんざい》でも、結婚《けっこん》式などでは使ってはいけない言葉が「忌《い》み言葉」として残っています。

忌《い》み言葉の例

（結婚式《けっこんしき》）切れる。割《わ》れる。分かれる。（お葬式《そうしき》）重ね重ね。など。

◎類感《るいかん》呪術《じゅじゅつ》・感染《かんせん》呪術《じゅじゅつ》

ジェームズ・フレイザー（一八五四年～一九四一年）イギリスの社会人類学者。原始宗教《しゅうきょう》や儀礼《ぎれい》などの研究者。呪術《じゅじゅつ》を古代の「模倣《もほう》科学」と考え、研究し、分類した学者。

類感呪術《るいかんじゅじゅつ》・感染呪術《かんせんじゅじゅつ》は「共感呪術《じゅじゅつ》」と呼《よ》ばれるもので、類似《るいじ》の法則《ほうそく》（似《に》たものは似《に》たものを生み出す）と接触《せっしょく》（感染《かんせん》）の法則《ほうそく》（誰《だれ》かの身体に接触《せっしょく》していたものは、身体を離《はな》れても持ち主に影響《えいきょう》を与《あた》える）という考えがもとになっています。実際《じっさい》の呪術《じゅじゅつ》では二つが組み合わされていることが多いのです。

【例】

類感《るいかん》呪術《じゅじゅつ》（写真、人形など）

相手に似《に》せたものを、破壊《はかい》することによって、相手にも苦痛《くつう》が起こる。（雨乞《あまご》いに、水を振《ふ》りまくなど）

感染《かんせん》呪術《じゅじゅつ》

相手の髪《かみ》の毛、爪《つめ》、衣服の一部、足跡《あしあと》などに呪《のろ》いをかけると、相手にも呪《のろ》いが届く。

（泥棒《どろぼう》の足跡《あしあと》にお灸《きゅう》を据《す》えると、動けなくなるなど）

組み合わせの例

効果《こうか》をあげるために、わら人形に相手の衣服の一部や、髪《かみ》などを入れて呪《のろ》いをかける。

◎なぜミステリースポットは生まれるか

①パワースポット

人の及《およ》ばない大きな自然の力

原生林、火山や雄大《ゆうだい》な山脈、巨石《きょせき》、大きな川の源《みなもと》などの、人間が立ち入ることが難《むずか》しい場所には、古代から人を超《こ》えた大きな力があると考えられていました。

このような場所の多くは、地殻《ちかく》変動などで、地磁気《ちじき》（地球の持っている磁石《じしゃく》の力）や、地下水脈《すいみゃく》の力が強くなっていて、それが人間の体や脳《のう》の働きに何らかの影響《えいきょう》を与《あた》えると言われています。科学的には立証《りっしょう》されていませんが、自然には人を癒《いや》す力があるのかもしれません。

②心霊《しんれい》スポット
鎮魂《ちんこん》と記憶《きおく》の交差点

古代では、人のたましいは魂《こん》と魄《はく》に分かれると考えられていました。魂魄《こんぱく》は、生きているときはいっしょに人の中にありますが、亡《な》くなると魂《たましい》は先祖《せんぞ》の眠《ねむ》る別の世界（黄泉《よみ》）へ行き、魄《はく》はしばらく地上にとどまり、やがて土に還《かえ》ると考えられていました。

また、不慮《ふりょ》の事故《じこ》や、無念の思いを残して亡《な》くなった人は、この世に強い思いを残すため、魂魄《こんぱく》が離《はな》れないで、そのまま地上に留《とど》まると考えました。

そのような魂魄《こんぱく》は霊《れい》となり、場合によっては病や災《わざわ》いを起こすと考えられていました。病や災《わざわ》いが起きないよう、死者の霊《れい》を慰《なぐさ》め、鎮《しず》める祭事や宗教《しゅうきょう》を人はつくりだしたと、考えられています。それは今も少しずつ形を変えて、わたしたちの生活に残っています。

心霊《しんれい》スポットと呼《よ》ばれている場所は、事故《じこ》や災害《さいがい》、戦争などの記憶《きおく》を残す場所です。死者は語られることで、記憶《きおく》の中で生きる存在《そんざい》になるのかもしれません。

③ミステリースポット

虚実《きょじつ》の狭間《はざま》

実証不可能《じっしょうふかのう》なことは、世界にたくさんあります。誰《だれ》がいつ広めたのか、わからない都市伝説もその一つです。学校の「トイレの怪談《かいだん》」は、元をたどっていくと、戦前に語られていた「開かずの便所」までさかのぼれるということですが、伝わっていく間に「赤い紙、青い紙」、「赤いはんてん、青いはんてん」の怪談《かいだん》が生まれ、別の話に形を変えていきました。誰《だれ》が最初に話したのか、よくわからなくなっています。

また、長い間に正体のわからなくなってしまった不思議な話やモノがあります。

N県のとあるお寺には、「鬼《おに》の頭」の剥製《はくせい》があるそうです。もちろんつくりモノですが、雑誌《ざっし》の企画《きかく》で、実際《じっさい》に学術《がくじゅつ》標本の剥製《はくせい》をつくる会社の職人《しょくにん》さんに見てもらったところ、本物の人間の頭蓋骨《ずがいこつ》と何十人もの人の歯が使われていて戦慄《せんりつ》したそうです。この剥製《はくせい》も、戦前に「気味が悪いから」と寺に納《おさ》めた人がいると伝わっているだけだそうです。

この場所はなんとなく気持ちが悪い。あの場所にできたお店はいつのまにかなくなっている。そんな不思議なスポットが近くにあるかもしれません。

ほんとうに行ってはいけない場所・建物

●時間（time）、場所（place）、目的（occasion）、人（person）を考える。
（冒険《ぼうけん》は、TPOPを見極《みきわ》めるのが大事）

ミステリースポットの中には有名な観光地や町中にあるなんでもない場所もたくさんあります。（この場合のミステリースポットは、心霊現象《しんれいげんしょう》だけに限定《げんてい》されず、パワースポットも含《ふく》みます）。比較的《ひかくてき》安全と思われるスポットを訪《おとず》れる場合も、「時間、場所、目的、人」を考えて、安全を確《たし》かめてから訪《おとず》れてください。これを間《ま》違《ちが》えると、安全な場所もまったく違《ちが》う顔を見せて、大変危険《きけん》です。

たとえば、山の中にあるパワースポットと言われている滝《たき》を、明かりのない真夜中に訪《おとず》れると考えてみてください。足もとは見えず、危険《きけん》です。明るい時間でも、あなたが、たった一人だったら、犯罪《はんざい》に巻《ま》き込《こ》まれる可能性《かのうせい》がないとは言えません。

また、電波《でんぱ》の届《とど》かない場所に、一人か、二人で訪《おとず》れたと考えてみましょう。突《とつ》然《ぜん》のトラブルが起こった場合、携帯《けいたい》電話やスマホを持っていたとしても、電波がなければ、どこにも連絡《れんらく》できません。二人の場合、一人ずつに分かれて、助けを呼《よ》びに行きますか？　待っている人、助けを呼《よ》びに行く人、どちらも一人になってしまいます。

過去《かこ》に（有名な心霊《しんれい》スポットにこれから二人で出かける）と友人にメールをした女子大生二人が、そのまま消息《しょうそく》不明になってしまった事件《じけん》があります（坪野《つぼの》鉱泉事件《こうせんじけん》）。この事件《じけん》は、二十四年も経《た》って、まったく別の場所から、車に乗ったままの遺体《いたい》が発見されました。

昔、筆者がオートバイで日本海側にソロツーリングに行ったときの話です。海沿《ぞ》いの海岸に面した堤防《ていぼう》でくつろいでいると、地元のライダーに話しかけられました。「日暮《ぐ》れ近くなったら、海岸近くに一人でいると神隠《かみかく》しに遭《あ》う。男も女も関係ない」その後、立ち寄《よ》った土産《みやげ》物店でも、同じことを店番のおばさんに言われ、こわくなって、かなり内陸まで戻《もど》って宿をとったことを覚《おぼ》えています。拉致《らち》問題に関連した噂《うわさ》だったのかもしれませんが、このように、一人（あるいは二人などの少ない人数）で、「逢魔《おうま》がとき」より遅《おそ》い時間に、危《あぶ》ない噂《うわさ》のある場所にいるのは、ただの無謀《むぼう》です。（かといって、あまり大人数で出かけるのも、別のトラブルに巻《ま》き込《こ》まれることがあります。なかまは慎重《しんちょう》に選ぶべきですね）

「目的」はわかりにくいかもしれませんが、自分が神様、あるいは静かに眠《ねむ》っている霊《れい》だと想像《そうぞう》してみてください。知らない誰《だれ》かが自分の家に入って来ました。ある人たちは挨拶《あいさつ》をして、静かに見て静かに帰りました。その一方で、別の人たちは挨拶《あいさつ》もなく、あなたの家をどたばたと歩き回り、大騒《おおさわ》ぎしています。それどころかゴミを捨《す》てました。「うるさい！」と言いたくなるのはどちらでしょうか。

あなたがここに来た「目的」はなんでしょうか。多くの人が亡《な》くなった場所や聖地《せいち》、神域《しんいき》と言われている場所では、礼儀《れいぎ》を守りましょう。

◎個人《こじん》の所有する場所・土地には、むやみに立ち入らない

あまり実感がないかもしれませんが、国や地方自治体が所有している土地以外は、すべて所有者（持ち主）がいると考えましょう。気軽に入れる山林、里山にも、持ち主が必ずいます。山菜を採《と》りに山に入るなどの行為《こうい》も、自分の山でない限《かぎ》りは、厳《きび》しく言えば「大量に採《と》らないので、まあいいか」と山の持ち主が目をつぶって許《ゆる》してあげている行動です。ですから「廃墟《はいきょ》」でも、持ち主がいます。テレビのこわい番組やビデオなどは、必ず持ち主の許可《きょか》を得てから撮影《さつえい》しています。許可《きょか》なく侵《しん》入《にゅう》すると不法侵入《しんにゅう》という犯罪《はんざい》になります。また、本当に人目の届《とど》かない廃墟《はいきょ》には、この不法侵入《しんにゅう》を犯《おか》して、すでに住み着いている人がいるかもしれません。廃墟《はいきょ》の写真を撮影《さつえい》するのが趣味《しゅみ》と語る人の話では、直感で人の住んでいるにおいのする廃墟《はいきょ》には近づかないと言います。廃墟《はいきょ》に住んでいる「生きている人間」と出会うことは大変危険《きけん》だということです。

バブルと言われた時代、都内Ｓ区で心霊《しんれい》スポットとして、テレビ番組で古いアパートが紹介《しょうかい》されたことがあります。出現《しゅつげん》する霊《れい》は「犬を連れて猟銃《りょうじゅう》を持ったぼろぼろ

のおじいさん」と噂《うわさ》されていましたが、実際《じっさい》は、老朽化《ろうきゅうか》したアパートに犬といっしょに住む老人でした。心霊《しんれい》スポット探検《たんけん》と称《しょう》してやってくる集団《しゅうだん》を追い返すために「ほんものの猟銃《りょうじゅう》」を持って、犬といっしょに巡回《じゅんかい》していたそうです。

◎病気やケガの危険性《きけんせい》

医療《いりょう》の発達した現代《げんだい》でも、絶滅《ぜつめつ》できない細菌《さいきん》や病気があります。たとえば、野生の狐《きつね》が持っている「エキノコックス」は、野生の狐《きつね》にさわること、狐《きつね》が生息《せいそく》する場所を流れる川の水などを口に入れることで人に移《うつ》り、病気を引き起こします。山の中のスポットを探検《たんけん》する場合は、クマなど大きな獣《けもの》の危険性《きけんせい》もありますが、スズメバチなど毒《どく》のある虫にも注意が必要です。

荒《あ》れた廃墟《はいきょ》、廃《はい》病院などには、釘《くぎ》や割《わ》れたガラスなど危険《きけん》なものがいっぱいです。

そこで転んだり、血が出るような怪我《けが》をした場合、傷口《きずぐち》から細菌《さいきん》に感染《かんせん》することも考えられます。スポット探検《たんけん》は冬よりも夏に出かける人が多いようです。サンダルや半袖《はんそで》、薄《うす》い服は、危険性《きけんせい》が高いと考えてください。

◎映画《えいが》などで話題になった心霊《しんれい》スポット

映画《えいが》の影響《えいきょう》などで遊び半分で訪《おとず》れる人が増《ふ》えています。訪《おとず》れる人が多くなれば、中には単純《たんじゅん》に見物に来た人たちだけではなく、犯罪《はんざい》に繋《つな》がることをしてしまう人も増《ふ》えることになります。映画《えいが》で有名になった（九州のとあるトンネル）は、人目につきにくい山の中にあるため、ゴミの投げ捨《す》てが約一〇倍に増《ふ》え、騒音《そうおん》や落書き、侵入禁止《しんにゅうきんし》の場所への立ち入り、見物に来たグループどうしのトラブルも発生しているそうです。

近くの住民から警察《けいさつ》への通報《つうほう》が増《ふ》えているとのことです。

このトンネルでは過去《かこ》（一九八八年）凄惨《せいさん》な殺人事件《じけん》が起こっているため、地元では犯罪《はんざい》の温床《おんしょう》になることを警戒《けいかい》しています。

魔除《まよ》けのいろいろ

日本にはさまざまな魔除《まよ》けがありますが、ここでは本文に出てくる図形の魔除《まよ》けを紹介《しょうかい》します。

●図形による魔除《まよ》け

◎五芒星《ごぼうせい》

中に五角形がある星形。陰陽道《おんみょうどう》であらゆる魔除《まよ》けとして重宝《ちょうほう》されました。平安時代の陰陽師《おんみょうじ》 安部晴明《あべのせいめい》は五行（木・火・土・金・水）の象徴《しょうちょう》として、五芒《ごぼう》星《せい》の紋《もん》を用いました。現在《げんざい》も晴明神社の神紋《しんもん》として使用されています。

◎九字格子《くじこうし》

横五本、縦《たて》四本を直角の格子状《こうしじょう》にした図形。横↓縦《たて》↓横の順に書いていきます。「九字切り」という護身法《ごしん》を簡単《かんたん》にした図形と考えられています。格子《こうし》の模様《もよう》は、外と内の空間を区切ること（結界）を意味します。

◎六芒星《ろくぼうせい》（籠目《かごめ》）

星形多角形。ダビデの星と呼《よ》ばれることもありますが、日本古来の「籠目《かごめ》」模様《もよう》と同じものです。魔物《まもの》は数の多いものや、籠目《かごめ》の連続模様《もよう》のように果《は》てしなく続く模様《もよう》を見ると、目がくらんで動けなくなると考えられていました。

そのほかにも、さまざまな魔除《まよ》けがあります。

◎モノ自体に魔除《まよ》けの力があると信じられているもの

風を起こして魔物《まもの》を吹《ふ》き祓《はら》う団扇《うちわ》、振《ふ》りかかる災厄《さいやく》の身代わりになってくれる人形、持ち主に起こる災《わざわ》いを引き受ける装身具《そうしんぐ》である櫛《くし》など。

◎においや音が魔除《まよ》けになると考えられたもの

澄《す》んだ音色で神を呼《よ》び出し、邪悪《じゃあく》なもの魔物《まもの》を追い払《はら》うと考えられた鈴《すず》、棘《とげ》のある植物や強いにおいで鬼《おに》を近づけないようにする柊《ひいらぎ》や鰯《いわし》、芽吹《めぶ》きの力やにおいで魔《ま》を祓《はら》い、病気から人を守るヨモギや菖蒲《しょうぶ》など。

◎**家や建物に関連するもの**

屋根や軒先《のきさき》に乗せて、病魔《びょうま》や鬼《おに》から守る神像《しんぞう》（鍾馗様《しょうきさま》）、二頭が一対となって家や人、村を災厄《さいやく》から守るシーサー、まっすぐにやって来る魔物《まもの》をT字路や三叉路《さんさろ》ではね返す石敢當《いしがんとう》など。

◎**言葉には力があると考えられていました。**

宗教的《しゅうきょうてき》な祈《いの》りや教えである祝詞《のりと》（神道《しんとう》）やお経《きょう》（仏教《ぶっきょう》）、言葉遊びに近くマスコットとして身につけたりする、カエル（無事に帰る）、ふくろう（不苦労）、ひょうたん六個《こ》でむびょう（無病）、豆（魔滅《まめつ》）など。

また、結界や方位など限《かぎ》られた範囲《はんい》や広域《こういき》を魔物《まもの》や災厄《さいやく》から守る方法も昔から用いられて来ました。

日本最強（恐《きょう》）スポットベスト5

❶雫石・慰霊《いれい》の森（岩手県）

一九七一年ＡＮＡ旅客機と自衛隊《じえいたい》の戦闘機《せんとうき》が接触《せっしょく》して、双方《そうほう》が墜落《ついらく》しました。自《じ》衛隊《えいたい》機は脱出装置《だっしゅつそうち》で助かりましたが、旅客機は空中分解《ぶんかい》しバラバラになってしまいました。旅客機の乗客、乗務員《じょうむいん》合わせて、一六二名が犠牲《ぎせい》になった航空機事故《じこ》となりました。墜落《ついらく》現場が、慰霊《いれい》の森一帯です。現在《げんざい》、慰霊《いれい》の森は、公園として整備《せいび》され、犠牲《ぎせい》となった方の供養《くよう》の碑《ひ》があります。深夜に肝試《きもだめ》しなど、面白《おもしろ》半分で訪《おとず》れた人の多くが、車の窓《まど》に手形がびっしりつく、誰《だれ》もいない場所で、足を取られ転《ころ》ぶと目の前に恐《おそ》ろしい顔があったなどの怪奇《かいき》現象《げんしょう》を体験しています。

出かけるなら慰霊《いれい》の気持ちを忘《わす》れずに、明るいうちにしましょう。

❷常紋トンネル（北海道）

北海道石北本線にある鉄道トンネル。タコ部屋労働によって建設《けんせつ》されたことが有名なトンネルです。

※タコ部屋労働
囚人《しゅうじん》を工事に使うことが禁《きん》じられた後に、過酷《かこく》な労働条件の場所で働かせるために、働く条件《じょうけん》を偽《いつわ》る、多くの借金《しゃっきん》を負わせるなど、騙《だま》して、他の場所から労働者を連れてきて、監禁《かんきん》同様の状況《じょうきょう》で働かせること。他雇《たこ》から来た言葉と言われます。（他にも説があります。）

重労働や栄養不足で倒《たお》れた労働者はそのまま生き埋《う》めにされたそうです。開通時から、トンネルや信号施設《しせつ》付近では、人のいるはずのない場所に人影《ひとかげ》が見えた（トンネル周辺は山の中で人気のまったくない場所です）、運転士が窓《まど》にうつる悲しげな姿《すがた》を見た、トンネルの中での急停車が相次いで起こるなど、不思議な現象《げんしょう》が多かったため「常紋トンネルには、人柱が埋《う》まっている」という噂《うわさ》が囁《ささや》かれていました。

十勝沖地震《じしん》によりトンネルの壁面《へきめん》が崩《くず》れ、その修理《しゅうり》工事のときに、壁《かべ》の中から立ったままの人骨《じんこつ》や、大量の人骨《じんこつ》が発見されました。立ったままの人骨《じんこつ》は、壁《かべ》に押《お》し付けられて埋《う》められていたために、「人柱」は本当にあったと話題になりました。

※「人柱」
技術《ぎじゅつ》の発達していない時代には、「橋」や、洪水《こうずい》を防《ふせ》ぐための「堤防《ていぼう》」などが、つくるたびに壊《こわ》れたり、難《なん》工事のときに、「生贄《いけにえ》」として、人を埋《う》めて壊《こわ》れるのを防《ふせ》いだと言われています。

常紋トンネルには工事の慰霊塔《いれいとう》や地蔵《じぞう》が建《た》てられています。しかし、（まだ埋《う》まっている）（発見されていない人柱がある）などの噂《うわさ》が囁《ささや》かれています。今も、運転されている路線のため、常紋トンネルを列車で通過《つうか》することができます。

❸硫黄島（東京都小笠原諸島）

太平洋戦争の激戦地《げきせんち》です。島にあった山の形が変わってしまうほどの銃弾《じゅうだん》や大砲《たいほう》が打ち込《こ》まれたと言います。この戦いでは、旧《きゅう》日本軍、米軍とも多くの戦死者を出しました（二万四〇〇〇人と言われています）。現在《げんざい》は、自衛隊《じえいたい》の基地《きち》があるのみで、基地《きち》関係者以外の民間人の島への立ち入りは制限《せいげん》されています（旧《きゅう》島民や遺骨収集《いこつしゅうしゅう》などの慰霊《いれい》などのための上陸は例外として認《みと》められています)。当時の不発弾《ふはつだん》が多く残っており、自衛隊員《じえいたいいん》でも、立ち入りできない場所があるとされています。

特別な仕事でこの島に一か月ほど過《す》ごしたことのあるK氏の話によると、いろいろな霊現象《れいげんしょう》が起こったそうです。水を求める霊《れい》が多いため、宿舎《しゅくしゃ》でゆっくり眠《ねむ》るためには、必ずコップにいっぱい水を入れて置きますが、朝、起きると、こぼれた様子もなく、コップの水は一滴《いってき》も残さず、なくなっているそうです。駐屯《ちゅうとん》する自衛隊《じえいたい》員《いん》も、霊感《れいかん》がなくても硫黄島勤務《きんむ》になれば、いやでも不思議な経験《けいけん》をすると噂《うわさ》されている島です。

❹旧《きゅう》大阪千日前デパート

1972年地下一階、地上七階建ての千日前デパートでビル火災事故《かさいじこ》が起きました。

千日前デパートと言っても、一つの百貨店ではなく、劇場《げきじょう》、オフィス、飲食店、遊技場《ゆうぎじょう》、お酒を提供《ていきょう》するキャバレーなど、さまざまな店が入ったビルでした。

この火災事故《かさいじこ》は、死者一一八人、負傷者《ふしょうしゃ》八十一人にのぼる惨事《さんじ》となりました。

事故《じこ》当時から、事故現場《じこげんば》から乗せたタクシーの客が途中《とちゅう》で消えた。死んだはずの女性《じょせい》に会ったなどの、噂《うわさ》が広まりました。その後、プランタン百貨店にかわりましたが、従業員《じゅうぎょういん》や警備員《けいびいん》の間で、火災事故《かさいじこ》の日には、残業しない（残業すると霊《れい》を見る）、一人でエレベーターに乗ったのに、定員オーバーになり動かない。一階を押《お》したのに、もっとも被害《ひがい》が多かった七階に上って止まるなどの噂《うわさ》がささやかれました。

現在《げんざい》は大型量販店になっていますが、店舗《てんぽ》を改装《かいそう》する際《さい》に、霊《れい》を鎮《しず》めるために、風水師《ふうすいし》や霊能者《れいのうしゃ》によって、さまざまな仕掛《しか》けやお祓《はら》いがおこなわれたと噂《うわさ》されています。（霊《れい》が出ると言われたトイレの階に、トイレをつくらない。目立たない場所に祠《ほこら》がある。従業員《じゅうぎょういん》しか使えない通路にはお供《そな》えの水があるなど）

以前より霊《れい》の姿《すがた》はおとなしくなったそうですが「やはり居《い》るものはいるので、よう近寄《ちかよ》らん」と霊感《れいかん》のある人は言います。

もともと「千日前」という場所は、刑場《けいじょう》と墓地《ぼち》がありました。供養《くよう》のために千日間回向《えこう》をするお寺（竹林寺）があり、通称《つうしょう》「千日寺」と呼《よ》ばれていました。千日寺の前の道ということで、千日前という地名になったそうです。

❺雄島（福井県）

東尋坊の東側にある島です。神社があり、陸地とは橋で結ばれているため、歩いて渡《わた》ることができます。日本海にある美しい島ですが、恐《おそ》ろしい噂《うわさ》があります。島に渡《わた》る橋は東尋坊から身を投げて亡《な》くなった人の遺体《いたい》が流れ着く橋とされており、途中《とちゅう》で引き返すと、死者に取り憑《つ》かれるそうです。島を歩くときには、必ず時計回りでまわらなければいけない（反時計回りで回ると、凶事《きょうじ》が起こる）。

雄島へ行く道は、二つあり隧道《すいどう》を通る道を選んだときは、隧道《すいどう》の中にある仏像《ぶつぞう》と目を合わせてはいけないなど、さまざまな言い伝えがあります。

著●福井　蓮（ふくい　れん）

東京都出身。
小学生の時、学校の七不思議のうち、４つを体験したことがある。
それ以来、心霊現象、怪談、オカルトなど不可思議な現象を探求し続ける。
特技：タロット占い。2012年深川てのひら怪談　佳作受賞。

イラスト●ふすい

イラストレーター、装画家。現代的な情景を題材にし、幻想的かつ透明感のある光の表現が魅力。書籍装画や挿絵、CDジャケット、ゲーム背景等などを中心に幅広く活動している。『青くて痛くて脆い』(著：住野よる / KADOKAWA)『青いスタートライン』(著：高田由紀子 / ポプラ社)『スイーツレシピで謎解きを　推理が言えない少女と保健室の眠り姫』(著：友井羊 / 集英社)ほか。

□参考文献

日本妖怪巡礼団　集英社文庫　荒俣宏/著
怪奇の国ニッポン　集英社文庫　荒俣宏/著
現代怪奇解体新書　宝島社
わたしたちの流山市　流山市教育委員会

□写真

福井　蓮、PIXTA

ほんとうにあった! ミステリースポット
①霧の峠・人形供養

2020年8月　初版第1刷発行
2021年7月　初版第2刷発行

著　者　福井　蓮
発行者　小安　宏幸
発行所　株式会社　汐文社
東京都千代田区富士見1-6-1
富士見ビル1階　〒102-0071
電話03-6862-5200　FAX03-6862-5202
印　刷　新星社西川印刷株式会社
製　本　東京美術紙工協業組合

ISBN978-4-8113-2766-2　NDC387